お仕事さくいん

食べものにかかわるお仕事

はじめに

皆(みな)さんは、世(よ)の中(なか)にどんなお仕事(しごと)があるか知(し)っていますか？
また、すでにやりたいお仕事(しごと)が決(き)まっている方(かた)もいるかもしれませんね。
この本(ほん)では、食(た)べものや飲(の)みもの、料理(りょうり)に関連(かんれん)する仕事(しごと)を幅広(はばひろ)く集(あつ)めてそのお仕事(しごと)の説明(せつめい)や、どのようなお仕事(しごと)なのかについて知(し)ることができる本(ほん)を紹介(しょうかい)しています。
タイトルにある「さくいん」とは、知(し)りたいものを探(さが)すための入(い)り口(ぐち)のことです。
本(ほん)のリストから、興味(きょうみ)のあるものや、図書館(としょかん)で見(み)つけたものを選(えら)んで、「なりたい」仕事(しごと)を考(かんが)えるヒントにしてください。
皆(みな)さんがこの本(ほん)を通(つう)じて、さまざまな仕事(しごと)の世界(せかい)に触(ふ)れ、未来(みらい)への第一歩(だいいっぽ)を踏(ふ)み出(だ)すお手伝(てつだ)いができることを願(ねが)っています。

DBジャパン編集部(へんしゅうぶ)

この本の使い方

――― 食べもの・飲みもの・料理に関する知識の名前です。

アイスクリーム製造、アイスクリームショップ

――― お仕事のことや、知識、場所についての説明です。

みんなが大好きなアイスクリームを作ったり、販売したりする仕事です。アイスクリーム製造の仕事では、新鮮な牛乳やフルーツ、砂糖などの材料を使います。そして、工場で大きな機械を使ってなめらかでおいしいアイスクリームをたくさん作り、カップやコーンに詰めます。アイスクリームショップでは、注文に合わせてトッピングなども楽しめるよう工夫して、お客様に提供します。アイスクリームを通じて、お客様に笑顔と幸せを届ける仕事です。

▶ お仕事について詳しく知るには

「アイスクリームのひみつ—学研まんがでよくわかるシリーズ；87」 宮原美香漫画；オフィス・イディオム構成　学研パブリッシングコミュニケーションビジネス事業室　2013年6月【学習支援本】

▶ お仕事の様子をお話で読むには

「ノラネコぐんだんアイスのくに：フィギュア付きミニ絵本—コドモエのえほん」 工藤ノリコ著　白泉社　2021年3月【絵本】
「シロクマくんのアイスクリームやさんシールえほん—講談社のアルバムシリーズ」 おおでゆかこイラスト　講談社　2021年6月【絵本】
「くものうえのアイスクリームやさん」 植村真子作・絵　ニコモ　2021年8月【絵本】

――― そのお仕事について書かれた本に、どのようなものがあるのかを紹介しています。

――― そのお仕事の様子が物語で読める本に、どのようなものがあるのかを紹介しています。

本の情報の見方です。
「本の名前/書いた人や作った人の名前/出版社/出版された年月【本の種類】」

この本は、食べもの・飲みもの・料理に関する主なお仕事を紹介していますが、全部の種類のお仕事が入っているわけではありません。また、本のリストもすべてのお仕事に入っているわけではありません。

3

目次

1 食べもの、料理を作る仕事

料理人、調理師 ————————————— 8

板前 ————————————————— 16

すし職人 ————————————————— 17

飴細工職人 ————————————————— 19

パン職人、パン屋さん ———————————— 20

パティシエ、お菓子屋さん ————————— 24

和菓子職人 ————————————————— 30

料理教室講師 ———————————————— 31

ショコラティエ ——————————————— 32

レストラン、食堂 —————————————— 33

ラーメン屋さん ——————————————— 37

カフェ、喫茶店 ——————————————— 38

杜氏、酒蔵 ————————————————— 47

食品工業 —————————————————— 48

アイスクリーム製造、アイスクリームショップ ——— 53

料亭、割烹 ————————————————— 54

居酒屋、バー ———————————————— 55

屋台、キッチンカー ————————————— 57

その他食べもののお店 ————————————— 59

2 食べもの、料理にかかわる仕事

栄養士、管理栄養士 ————————————— 62

料理研究家 ——————————————————— 63

商品・メニュー開発 ——————————————— 64

食品・飲料メーカー ——————————————— 65

フードコーディネーター ————————————66

レシピサービス運営 ——————————————67

カフェプランナー ———————————————67

スイーツプランナー ——————————————68

グルメライター ————————————————69

食品衛生管理、食品品質管理 ——————————70

3 料理や飲みものを提供する仕事

接客、ホールサービス ————————————— 72

バリスタ ———————————————————— 74

バーテンダー —————————————————— 75

女将・仲居さん ————————————————— 76

ソムリエ ———————————————————— 78

5

4 食べものにかかわる知識

栄養学 ——————————————— 80

食育 ————————————————— 81

食物学 ——————————————— 88

こども食堂 —————————————— 89

食品ロス —————————————— 90

1

食べもの、料理を作る仕事

1 食べもの、料理を作る仕事

料理人、調理師

食べものを作る仕事で、お店やレストランで働き、野菜やお肉、魚などの食材を使って、おいしい料理を作ります。料理のレシピを考えたり、お客様の好みに合わせて料理を工夫したりもします。食べものを安全においしく食べられるようにするために、料理を作る技術や衛生管理の知識がとても大切です。調理師の専門学校で学んだり、レストランで修業してスキルを磨いたりすることで、料理人になれます。料理人や調理師は、おいしい食事を提供し、たくさんの人々を笑顔にする仕事です。

▶ お仕事について詳しく知るには

「レストランで働く人たち : しごとの現場としくみがわかる!―しごと場見学!」 戸田恭子著　ぺりかん社　2012年1月【学習支援本】

「厨房図鑑 : のぞいてみよう!」 科学編集室編　学研教育出版　2012年7月【学習支援本】

「キャリア教育支援ガイドお仕事ナビ.1」 お仕事ナビ編集室 著　理論社　2014年8月【学習支援本】

「日本の伝統文化和食 5」 江原絢子監修　学研教育出版　2015年2月【学習支援本】

「陳建民 : 四川料理を日本に広めた男 : 料理家〈中国・日本〉―ちくま評伝シリーズ〈ポルトレ〉」 筑摩書房編集部著　筑摩書房　2015年9月【学習支援本】

「夢のお仕事さがし大図鑑 : 名作マンガで「すき!」を見つける.1」 夢のお仕事さがし大図鑑編集委員会 編　日本図書センター　2016年9月【学習支援本】

「キャリア教育に活きる!仕事ファイル : センパイに聞く 5」 小峰書店編集部編著　小峰書店　2017年4月【学習支援本】

「職場体験完全ガイド 56」 ポプラ社　2018年4月【学習支援本】

「未来のお仕事入門 = MANGA FUTURE CAREER PRIMER―学研まんが入門シリーズミニ」 東園子 まんが　学研プラス　2018年8月【学習支援本】

「レシピにたくした料理人の夢 : 難病で火を使えない少年」 百瀬しのぶ文;よん絵　KADOKAWA(角川つばさ文庫)　2018年9月【学習支援本】

「そうだったのか!給食クイズ100 : 食育にピッタリ!1」 松丸奨監修 フレーベル館 2019年10月【学習支援本】

「そうだったのか!給食クイズ100 : 食育にピッタリ!2」 松丸奨監修 フレーベル館 2019年12月【学習支援本】

「調べてまとめる!仕事のくふう. 2」 岡田博元 監修 ポプラ社 2020年4月【学習支援本】

「料理はすごい! : シェフが先生!小学生から使える、子どものための、はじめての料理本」秋元さくら著;笠原将弘著;宮木康彦著;菰田欣也著;柴田書店編 柴田書店 2020年5月【学習支援本】

▶ お仕事の様子をお話で読むには

「さるシェフのオムライスやさん―おでかけBOOK」 ひばさみりさ作 みらいパブリッシング 2021年5月【絵本】

「未来を変えるレストラン : つくる責任つかう責任―おはなしSDGs」 小林深雪作;めばち絵 講談社 2021年2月【児童文学】

「給食のおにいさん」 遠藤彩見著 幻冬舎(幻冬舎文庫) 2013年10月【ライトノベル・ライト文芸】

「食戟のソーマ〜a la carte〜 1 (失われたルセット)」 附田祐斗原作;伊藤美智子小説 集英社(JUMP j BOOKS) 2014年2月【ライトノベル・ライト文芸】

「給食のおにいさん 卒業」 遠藤彩見著 幻冬舎(幻冬舎文庫) 2014年8月【ライトノベル・ライト文芸】

「クラゲの食堂 = Jellyfish Restaurant」 アオヤマミヤコ著 講談社(講談社BOX BOX-AiR) 2014年9月【ライトノベル・ライト文芸】

「最後の晩ごはん : ふるさととだし巻き卵」 椹野道流著 KADOKAWA(角川文庫) 2014年10月【ライトノベル・ライト文芸】

「食戟のソーマ〜a la carte〜 2 (甘い記憶)」 附田祐斗原作;伊藤美智子小説 集英社(JUMP j BOOKS) 2014年11月【ライトノベル・ライト文芸】

「最後の晩ごはん [2] (小説家と冷やし中華)」 椹野道流著 KADOKAWA(角川文庫) 2015年1月【ライトノベル・ライト文芸】

「最後の晩ごはん [3] (お兄さんとホットケーキ)」 椹野道流著 KADOKAWA(角川文庫) 2015年4月【ライトノベル・ライト文芸】

「食戟のソーマ〜à la carte〜 3 (ユキヒラ・イン・ニューヨーク)」 附田祐斗原作;伊藤美智子小説 集英社(JUMP j BOOKS) 2015年4月【ライトノベル・ライト文芸】

「給食のおにいさん 受験」 遠藤彩見著 幻冬舎(幻冬舎文庫) 2015年8月【ライトノベル・ライト文芸】

「最後の晩ごはん [4] (刑事さんとハンバーグ)」 椹野道流著 KADOKAWA(角川文庫) 2015年8月【ライトノベル・ライト文芸】

1 食べもの、料理を作る仕事

「食戟のソーマ～Fratelli Aldini～ 1（フィレンツェの半月）」 附田祐斗原作;伊藤美智子小説 集英社（JUMP j BOOKS） 2015年10月【ライトノベル・ライト文芸】

「最後の晩ごはん [5]（師匠と弟子のオムライス）」 椹野道流著 KADOKAWA（角川文庫） 2015年12月【ライトノベル・ライト文芸】

「ゆきうさぎのお品書き：6時20分の肉じゃが」 小湊悠貴著 集英社（集英社オレンジ文庫） 2016年2月【ライトノベル・ライト文芸】

「最後の晩ごはん [6]」 椹野道流著 KADOKAWA（角川文庫） 2016年5月【ライトノベル・ライト文芸】

「キッチン・ミクリヤの魔法の料理：寄り添う海老グラタン」 吉田安寿著 双葉社（双葉文庫） 2016年6月【ライトノベル・ライト文芸】

「下宿屋シェフのふるさとごはん」 樹のえる著 KADOKAWA（メディアワークス文庫） 2016年6月【ライトノベル・ライト文芸】

「ゆきうさぎのお品書き [2]」 小湊悠貴著 集英社（集英社オレンジ文庫） 2016年7月【ライトノベル・ライト文芸】

「給食のおにいさん 浪人」 遠藤彩見著 幻冬舎（幻冬舎文庫） 2016年10月【ライトノベル・ライト文芸】

「懐かしい食堂あります：谷村さんちは大家族」 似鳥航一著 KADOKAWA（角川文庫） 2016年12月【ライトノベル・ライト文芸】

「最後の晩ごはん [7]」 椹野道流著 KADOKAWA（角川文庫） 2016年12月【ライトノベル・ライト文芸】

「ゆきうさぎのお品書き [3]」 小湊悠貴著 集英社（集英社オレンジ文庫） 2017年1月【ライトノベル・ライト文芸】

「謎解き茶房で朝食を」 妃川螢著 KADOKAWA（富士見L文庫） 2017年1月【ライトノベル・ライト文芸】

「キッチン・ミクリヤの魔法の料理 2」 吉田安寿著 双葉社（双葉文庫） 2017年2月【ライトノベル・ライト文芸】

「エプロン男子：今晩、出張シェフがうかがいます」 山本瑤著 集英社（集英社オレンジ文庫） 2017年4月【ライトノベル・ライト文芸】

「女神めし」 原宏一著 祥伝社（祥伝社文庫） 2017年5月【ライトノベル・ライト文芸】

「東京バルがゆく [2]」 似鳥航一著 KADOKAWA（メディアワークス文庫） 2017年5月【ライトノベル・ライト文芸】

「最後の晩ごはん [8]」 椹野道流著 KADOKAWA（角川文庫） 2017年6月【ライトノベル・ライト文芸】

「神様の定食屋」 中村颯希著 双葉社（双葉文庫） 2017年6月【ライトノベル・ライト文芸】

「ゆきうさぎのお品書き [4]」 小湊悠貴著 集英社（集英社オレンジ文庫） 2017年7月【ライトノベル・ライト文芸】

「レストラン・タブリエの幸せマリアージュ：シャルドネと涙のオマールエビ」 浜野稚子著

マイナビ出版（ファン文庫） 2017年7月【ライトノベル・ライト文芸】

「厨房ガール!」 井上尚登著 KADOKAWA（角川文庫） 2017年7月【ライトノベル・ライト文芸】

「幽冥食堂「あおやぎ亭」の交遊録」 篠原美季著 講談社（講談社X文庫） 2017年7月【ライトノベル・ライト文芸】

「侠（おとこ）飯 4」 福澤徹三著 文藝春秋（文春文庫） 2017年7月【ライトノベル・ライト文芸】

「ダイブ!波乗りリストランテ」 山本賀代著 マイナビ出版（ファン文庫） 2017年9月【ライトノベル・ライト文芸】

「奈良まちはじまり朝ごはん」 いぬじゅん著 スターツ出版（スターツ出版文庫） 2017年9月【ライトノベル・ライト文芸】

「出張料亭おりおり堂：ふっくらアラ煮と婚活ゾンビ」 安田依央著 中央公論新社（中公文庫） 2017年10月【ライトノベル・ライト文芸】

「エプロン男子：今晩、出張シェフがうかがいます 2nd」 山本瑤著 集英社（集英社オレンジ文庫） 2017年11月【ライトノベル・ライト文芸】

「ゆきうさぎのお品書き [5]」 小湊悠貴著 集英社（集英社オレンジ文庫） 2017年12月【ライトノベル・ライト文芸】

「最後の晩ごはん [9]」 椹野道流著 KADOKAWA（角川文庫） 2017年12月【ライトノベル・ライト文芸】

「出張料亭おりおり堂：ほろにが鮎と恋の刺客」 安田依央著 中央公論新社（中公文庫） 2017年12月【ライトノベル・ライト文芸】

「出張料亭おりおり堂 [2]」 安田依央著 中央公論新社（中公文庫） 2017年12月【ライトノベル・ライト文芸】

「神様の居酒屋お伊勢」 梨木れいあ著 スターツ出版（スターツ出版文庫） 2017年12月【ライトノベル・ライト文芸】

「神様の定食屋 2」 中村颯希著 双葉社（双葉文庫） 2017年12月【ライトノベル・ライト文芸】

「出張料亭おりおり堂 [3]」 安田依央著 中央公論新社（中公文庫） 2018年2月【ライトノベル・ライト文芸】

「奈良まちはじまり朝ごはん 2」 いぬじゅん著 スターツ出版（スターツ出版文庫） 2018年2月【ライトノベル・ライト文芸】

「かまくら『めし屋』のおもてなし：ふるさとの味白石うーめん」 和泉桂著 KADOKAWA（富士見L文庫） 2018年3月【ライトノベル・ライト文芸】

「気まぐれ食堂：神様がくれた休日」 有間カオル著 東京創元社（創元推理文庫） 2018年5月【ライトノベル・ライト文芸】

「大須裏路地おかまい帖：あやかし長屋は食べざかり」 神凪唐州著 宝島社（宝島社文庫） 2018年5月【ライトノベル・ライト文芸】

1 食べもの、料理を作る仕事

「ゆきうさぎのお品書き [6]」 小湊悠貴著　集英社（集英社オレンジ文庫）　2018年6月【ライトノベル・ライト文芸】

「最後の晩ごはん [10]」 椹野道流著　KADOKAWA（角川文庫）　2018年6月【ライトノベル・ライト文芸】

「神様の居酒屋お伊勢 [2]」 梨木れいあ著　スターツ出版（スターツ出版文庫）　2018年6月【ライトノベル・ライト文芸】

「茄子神様とおいしいレシピ：エッグ・プラネット・カフェへようこそ!」 矢凪著　マイナビ出版（ファン文庫）　2018年8月【ライトノベル・ライト文芸】

「京都伏見・平安旅館神様見習いのまかない飯」 遠藤遼著　スターツ出版（スターツ出版文庫）　2018年8月【ライトノベル・ライト文芸】

「ビストロ三軒亭の謎めく晩餐」 斎藤千輪著　KADOKAWA（角川文庫）　2018年9月【ライトノベル・ライト文芸】

「隠し味は殺意―ランチ刑事の事件簿；2」 七尾与史著　角川春樹事務所（ハルキ文庫）　2018年9月【ライトノベル・ライト文芸】

「浅草洋食亭のしあわせごはん：想いをつなぐ三姉妹ランチ」 遠藤遼著　一迅社（メゾン文庫）　2018年9月【ライトノベル・ライト文芸】

「奈良まちはじまり朝ごはん 3」 いぬじゅん著　スターツ出版（スターツ出版文庫）　2018年9月【ライトノベル・ライト文芸】

「北海道オーロラ町の事件簿：町おこし探偵の奮闘」 八木圭一著　宝島社（宝島社文庫）　2018年9月【ライトノベル・ライト文芸】

「成巌寺せんねん食堂：おいしい料理と食えないお坊さん」 十三湊著　KADOKAWA（メディアワークス文庫）　2018年10月【ライトノベル・ライト文芸】

「バカ舌吸血鬼の洋食店に物申すっ!」 葵咲九著　双葉社（双葉文庫）　2018年11月【ライトノベル・ライト文芸】

「ゆきうさぎのお品書き [7]」 小湊悠貴著　集英社（集英社オレンジ文庫）　2018年11月【ライトノベル・ライト文芸】

「あやかし処の晩ノ飯：最後の晩餐、おもてなし」 三崎いちの著　宝島社（宝島社文庫）　2018年12月【ライトノベル・ライト文芸】

「最後の晩ごはん [11]」 椹野道流著　KADOKAWA（角川文庫）　2018年12月【ライトノベル・ライト文芸】

「京都祇園神さま双子のおばんざい処」 遠藤遼著　スターツ出版（スターツ出版文庫）　2019年2月【ライトノベル・ライト文芸】

「ビストロ三軒亭の美味なる秘密」 斎藤千輪著　KADOKAWA（角川文庫）　2019年3月【ライトノベル・ライト文芸】

「出張料亭おりおり堂 [4]」 安田依央著　中央公論新社（中公文庫）　2019年3月【ライトノベル・ライト文芸】

「食堂メッシタ」 山口恵以子著　角川春樹事務所（ハルキ文庫）　2019年4月【ライトノベ

ル・ライト文芸】

「神様の居酒屋お伊勢 [3]」 梨木れいあ著 スターツ出版（スターツ出版文庫） 2019年4月【ライトノベル・ライト文芸】

「谷中びんづめカフェ竹善：猫とジャムとあなたの話」 竹岡葉月著 集英社（集英社オレンジ文庫） 2019年5月【ライトノベル・ライト文芸】

「ゆきうさぎのお品書き [8]」 小湊悠貴著 集英社（集英社オレンジ文庫） 2019年6月【ライトノベル・ライト文芸】

「最後の晩ごはん [12]」 椹野道流著 KADOKAWA（角川文庫） 2019年6月【ライトノベル・ライト文芸】

「終電前のちょいごはん：薬院文月のみかづきレシピ」 標野凪著 ポプラ社（ポプラ文庫ピュアフル） 2019年6月【ライトノベル・ライト文芸】

「鎌倉お寺ごはん：あじさい亭の典座さん」 遠藤遼著 KADOKAWA（富士見L文庫） 2019年7月【ライトノベル・ライト文芸】

「かりゆしの島のお迎えごはん：神様のおもてなし、いかがですか?」 早見慎司著 KADOKAWA（メディアワークス文庫） 2019年8月【ライトノベル・ライト文芸】

「博多食堂まかないお宿：かくりよ迷子の案内人」 篠宮あすか著 光文社（光文社文庫.光文社キャラクター文庫） 2019年8月【ライトノベル・ライト文芸】

「ビストロ三軒亭の奇跡の宴」 斎藤千輪著 KADOKAWA（角川文庫） 2019年9月【ライトノベル・ライト文芸】

「神様の居酒屋お伊勢 [4]」 梨木れいあ著 スターツ出版（スターツ出版文庫） 2019年9月【ライトノベル・ライト文芸】

「クレイジー・キッチン＝ Crazy Kitchen」 荻原数馬著 KADOKAWA（カドカワBOOKS） 2019年10月【ライトノベル・ライト文芸】

「坂の上のレストラン《東雲》：松山あやかし桜」 田井ノエル著 新紀元社（ポルタ文庫） 2019年10月【ライトノベル・ライト文芸】

「谷中・幽霊料理人：お江戸の料理、作ります」 相沢泉見著 アルファポリス（アルファポリス文庫） 2019年10月【ライトノベル・ライト文芸】

「谷中の街の洋食屋紅らんたん」 濱野京子著 ポプラ社（ポプラ文庫ピュアフル） 2019年10月【ライトノベル・ライト文芸】

「トラットリア代官山」 斎藤千輪著 角川春樹事務所（ハルキ文庫） 2019年11月【ライトノベル・ライト文芸】

「出張料亭おりおり堂 [5]」 安田依央著 中央公論新社（中公文庫） 2019年11月【ライトノベル・ライト文芸】

「最後の晩ごはん [13]」 椹野道流著 KADOKAWA（角川文庫） 2019年12月【ライトノベル・ライト文芸】

「繕い屋 [2]」 矢崎存美著 講談社（講談社タイガ） 2019年12月【ライトノベル・ライト文芸】

1 食べもの、料理を作る仕事

「谷中びんづめカフェ竹善 2」 竹岡葉月著 集英社（集英社オレンジ文庫） 2019年12月
【ライトノベル・ライト文芸】

「シャルール：土曜日だけ開くレストラン」 田家みゆき著 文芸社（文芸社文庫NEO）
2020年1月【ライトノベル・ライト文芸】

「ゆきうさぎのお品書き [9]」 小湊悠貴著 集英社（集英社オレンジ文庫） 2020年1月【ラ
イトノベル・ライト文芸】

「扉の向こうはあやかし飯屋」 猫屋ちゃき著 アルファポリス（アルファポリス文庫）
2020年1月【ライトノベル・ライト文芸】

「暁町三丁目、しのびパーラーで [2]」 椹野道流著 二見書房（二見サラ文庫） 2020年2
月【ライトノベル・ライト文芸】

「真夜中の植物レストラン：幸せを呼ぶジェノベーゼパスタ」 春田モカ著 スターツ出版
（スターツ出版文庫） 2020年2月【ライトノベル・ライト文芸】

「カフェ飯男子とそば屋の後継ぎ：崖っぷち無職、最高の天ざるに出会う。」 喜咲冬子著
スターツ出版（スターツ出版文庫） 2020年4月【ライトノベル・ライト文芸】

「クレイジー・キッチン ＝ Crazy Kitchen 2」 荻原数馬著 KADOKAWA（カドカワ
BOOKS） 2020年4月【ライトノベル・ライト文芸】

「出張料亭おりおり堂 [6]」 安田依央著 中央公論新社（中公文庫） 2020年4月【ライトノ
ベル・ライト文芸】

「小料理屋いろりのお味見レシピ：ひと匙の恋としみしみ肉豆腐」 望月くらげ著
KADOKAWA（富士見L文庫） 2020年5月【ライトノベル・ライト文芸】

「ゆきうさぎのお品書き [10]」 小湊悠貴著 集英社（集英社オレンジ文庫） 2020年6月
【ライトノベル・ライト文芸】

「終電前のちょいごはん [2]」 標野凪著 ポプラ社（ポプラ文庫ピュアフル） 2020年6月
【ライトノベル・ライト文芸】

「谷中びんづめカフェ竹善 3」 竹岡葉月著 集英社（集英社オレンジ文庫） 2020年6月【ラ
イトノベル・ライト文芸】

「金沢洋食屋ななかまど物語」 上田聡子著 PHP研究所（PHP文芸文庫） 2020年7月【ラ
イトノベル・ライト文芸】

「今宵はジビエを召し上がれ：函館のフレンチシェフは謎解きがお好き」 三上康明著 双
葉社（双葉文庫） 2020年8月【ライトノベル・ライト文芸】

「最後の晩ごはん [14]」 椹野道流著 KADOKAWA（角川文庫） 2020年8月【ライトノ
ベル・ライト文芸】

「長崎眼鏡橋カフェよりどころ」 端島凛著 双葉社（双葉文庫） 2020年8月【ライトノベ
ル・ライト文芸】

「白澤さんの妖しいお料理処：四千年の想いを秘めた肉じゃが」 夕鷺かのう著
KADOKAWA（富士見L文庫） 2020年10月【ライトノベル・ライト文芸】

「谷中びんづめカフェ竹善 4」 竹岡葉月著 集英社（集英社オレンジ文庫） 2020年12月

14

【ライトノベル・ライト文芸】

「神楽坂つきみ茶屋：禁断の盃と絶品江戸レシピ」 斎藤千輪 著　講談社（講談社文庫）
2021年1月【ライトノベル・ライト文芸】

「茶寮かみくらの偽花嫁」　あさばみゆき 著　KADOKAWA（角川文庫）　2021年1月【ライトノベル・ライト文芸】

「最後の晩ごはん [15]」 椹野道流 著　KADOKAWA（角川文庫）　2021年2月【ライトノベル・ライト文芸】

「午後十一時のごちそう：三ツ星ゲストハウスの夜食」 行田尚希著　KADOKAWA（メディアワークス文庫）　2021年3月【ライトノベル・ライト文芸】

「神楽坂つきみ茶屋 2」 斎藤千輪 著　講談社（講談社文庫）　2021年5月【ライトノベル・ライト文芸】

「ご縁食堂ごはんのお友 [2]」 日向唯稀著　三交社（スカイハイ文庫）　2021年6月【ライトノベル・ライト文芸】

「まぎわのごはん」 藤ノ木優 著　小学館（小学館文庫）　2021年6月【ライトノベル・ライト文芸】

「鴨川食堂ごちそう」 柏井壽 著　小学館（小学館文庫）　2021年6月【ライトノベル・ライト文芸】

「神保町・喫茶ソウセキ文豪カレーの謎解きレシピ」 柳瀬みちる 著　宝島社（宝島社文庫）
2021年6月【ライトノベル・ライト文芸】

「天狗町のあやかしかけこみ食堂」 栗栖ひよ子著　マイナビ出版（ファン文庫）　2021年6月【ライトノベル・ライト文芸】

「かりそめ夫婦の縁起めし：小料理屋「春霞亭」」 江中みのり著　KADOKAWA（メディアワークス文庫）　2021年7月【ライトノベル・ライト文芸】

「最後の晩ごはん [16]」 椹野道流著　KADOKAWA（角川文庫）　2021年7月【ライトノベル・ライト文芸】

「花咲くキッチン：再会には薬膳スープと桜を添えて」 忍丸著　KADOKAWA（富士見L文庫）　2021年9月【ライトノベル・ライト文芸】

「神楽坂つきみ茶屋 3」 斎藤千輪著　講談社（講談社文庫）　2021年10月【ライトノベル・ライト文芸】

「深夜営業くじら亭：午前0時のナポリタン」 綺月陣著　三交社（スカイハイ文庫）　2021年12月【ライトノベル・ライト文芸】

1 食べもの、料理を作る仕事

板前

板前は主に和食を作る料理人で、特におすしや天ぷら、煮物など、日本の伝統的な料理を手がける専門家です。お店では、魚をさばいたり、野菜を切ったりして、見た目も美しく、味わい深い料理を作ります。修業を積み、料理の技術や食材の扱い方を学ぶことで板前になれたりします。また、料理を提供する際には、お客様への礼儀やおもてなしの心も大切にします。さらに、ふぐのような特定の食材を扱うには、専門の調理師免許が必要で、安全に配慮した調理をしています。

▶お仕事について詳しく知るには

「外国人が教えてくれた!私が感動したニッポンの文化：子どもたちに伝えたい!仕事に学んだ日本の心 第2巻 (こんなに美しい・おいしいなんて!高みをめざす職人の巧み)」 ロバート キャンベル監修　日本図書センター　2015年1月【学習支援本】

「食にかかわる仕事―漫画家たちが描いた仕事：プロフェッショナル」 早川光著;きたがわ翔著;寺沢大介著;西ゆうじ著;テリー山本著;山本おさむ著;あべ善太著;倉田よしみ著　金の星社　2016年3月【学習支援本】

▶お仕事の様子をお話で読むには

「京都あやかし料亭のまかない御飯」 浅海ユウ著　スターツ出版(スターツ出版文庫) 2018年4月【ライトノベル・ライト文芸】

すし職人

おすしを専門に作る料理人です。すし職人は、新鮮な魚をさばき、シャリ（酢飯）を一口サイズににぎり、見た目も美しく仕上げながらおすしを作ります。おすしには、生魚を使ったにぎりずしや、酢飯をのりで巻いた巻きずしなど、さまざまな種類があります。そして、魚の種類や季節によって味が変わるので、最高の状態でおすしを提供するためには、技術と知識が必要です。長い修業を通じて、魚の扱い方やにぎり方などの技術を学び、お客様においしいおすしを提供しています。

▶ お仕事について詳しく知るには

「職場体験完全ガイド 23」 ポプラ社 2011年3月【学習支援本】

「商店街へGO!1(人とつながる商店街)―社会科見学★ぼくらのまち探検」 鈴木出版編集部商店街研究会編 鈴木出版 2014年1月【学習支援本】

「子どもに伝えたい和の技術1(寿司)」 和の技術を知る会著 文溪堂 2014年10月【学習支援本】

「進化するSUSHI―すしから見る日本」 川澄健監修 文研出版 2016年1月【学習支援本】

「すしにかかわる仕事人―すしから見る日本」 川澄健 監修 文研出版 2016年2月【学習支援本】

「すしにかかわる仕事人―すしから見る日本」 川澄健監修 文研出版 2016年2月【学習支援本】

「食にかかわる仕事―漫画家たちが描いた仕事：プロフェッショナル」 早川光著;きたがわ翔著;寺沢大介著;西ゆうじ著;テリー山本著;山本おさむ著;あべ善太著;倉田よしみ著 金の星社 2016年3月【学習支援本】

「企業内職人図鑑：私たちがつくっています。11」 こどもくらぶ編 同友館 2017年1月【学習支援本】

「日本の手仕事 [1]」 遠藤ケイ絵と文 汐文社 2017年9月【学習支援本】

「名人はっけん!まちたんけん 1」 鎌田和宏監修 学研プラス 2019年2月【学習支援本】

「調べてまとめる!仕事のくふう.2」 岡田博元 監修 ポプラ社 2020年4月【学習支援本】

1 食べもの、料理を作る仕事

▶ お仕事の様子をお話で読むには

「おれはサメ―おはなしえほんシリーズ；26」 片平直樹作；山口マオ絵　フレーベル館　2011年8月【絵本】

「しんかんくんのクリスマス」 のぶみさく　あかね書房　2011年10月【絵本】

「おすしのうた」 牛窪良太絵・文　教育画劇　2012年1月【絵本】

「おすしですし!」 林木林作；田中六大絵　あかね書房　2012年3月【絵本】

「まわるおすし」 長谷川義史作　ブロンズ新社　2012年3月【絵本】

「わりばしワーリーもういいよ―チューリップえほんシリーズ」 シゲタサヤカ 作・絵　鈴木出版　2013年7月【絵本】

「おさかないちば―講談社の創作絵本」 加藤休ミ 作　講談社　2013年10月【絵本】

「ノラネコぐんだんおすしやさん―コドモエのえほん」 工藤ノリコ著　白泉社　2015年11月【絵本】

「いろいろおすし」 山岡ひかる作　くもん出版　2016年3月【絵本】

「おすしのずかん―コドモエのえほん」 大森裕子作；藤原昌高監修　白泉社　2016年12月【絵本】

「でんしゃずし」 丸山誠司作　交通新聞社　2017年5月【絵本】

「皿たろうだいかつやく!」 マスダケイコさく・え　フジテレビKIDS　2017年8月【絵本】

「すすめ!かいてんずし」 岡田よしたか作・絵　ひかりのくに　2017年9月【絵本】

「こうさくはっちゃんおすしやさん」 ひらぎみつえ作　小学館　2019年9月【絵本】

「みんなのおすし」 はらぺこめがね作　ポプラ社　2019年10月【絵本】

「おすしときどきおに」 くさなりさく　みらいパブリッシング　2020年1月【絵本】

「おすしやさん〈スシロー〉―いつものおみせで!ごっこシールブック」 株式会社あきんどスシロー監修　フレーベル館　2020年12月【絵本】

「ノラネコぐんだんおすしやさん：フィギュア付きミニ絵本―コドモエのえほん」 工藤ノリコ著　白泉社　2021年1月【絵本】

「ブラックジャック奇跡の腕：アニメ版」 手塚治虫原作；藤田晋一文　金の星社　2010年3月【児童文学】

「やすしのすしや―文研ブックランド」 新井けいこ作；大庭賢哉絵　文研出版　2010年8月【児童文学】

「中学生までに読んでおきたい日本文学 9（食べる話）」 松田哲夫編　あすなろ書房　2011年3月【児童文学】

「ぼくはすし屋の三代目：消えた巨大怪魚の謎」 佐川芳枝作；椎香貞正絵　講談社（講談社青い鳥文庫）　2015年6月【児童文学】

「ちいさなおきゃくさま」　丹洋子文;フクモトミホ絵　文芸社　2016年5月【児童文学】

「にっこりおすしとわさびくん：たべもののおはなし・すし―たべもののおはなしシリーズ」　佐川芳枝作;こばようこ絵　講談社　2016年12月【児童文学】

「すし屋のすてきな春原さん―おはなしSDGs.ジェンダー平等を実現しよう」　戸森しるこ作;しんやゆう子絵　講談社　2020年12月【児童文学】

飴細工職人
あめざいく しょくにん

砂糖で作られた飴を使って、美しい形を作り出す専門家です。熱して溶かした飴を手で引っ張ったり、ハサミで切ったりして、動物や花、キャラクターなどの細かいデザインを作ります。伝統的な技術を守りつつ、新しいデザインにも挑戦していて、見た目が美しいだけでなく、食べられるアートとして楽しむことができます。飴は冷えると固くなるので、職人は素早くていねいに形を作らなければなりません。そのため、技術を習得し、時間をかけて練習しています。

▶お仕事について詳しく知るには

「日本の手仕事 [4]」　遠藤ケイ絵と文　汐文社　2018年1月【学習支援本】

「キャリア教育に活きる!仕事ファイル：センパイに聞く 13」　小峰書店編集部編著　小峰書店　2018年4月【学習支援本】

「ザ・裏方：キャリア教育に役立つ! 3　フレーベル館　2019年3月【学習支援本】

1 食べもの、料理を作る仕事

パン職人、パン屋さん

おいしいパンを作る専門家です。パン屋さんやベーカリーで働き、小麦粉や水、イーストなどを使ってさまざまな種類のパンを作ります。パンを作るには、生地をこねたり、発酵させたりして、ふっくらとしたパンを焼く技術が必要です。また、パンの形や味を工夫して、サンドイッチ用のパンやデザートパンなども作ります。毎日おいしいパンを提供し、人々の食卓を豊かにする仕事で、そのためには専門学校で学んだり、お店で経験を積んで技術を身につけたりすることが大切です。

▶お仕事について詳しく知るには

「料理旅行スポーツのしごと：人気の職業早わかり！」　PHP研究所編　PHP研究所　2010年10月【学習支援本】

「感動する仕事！泣ける仕事！：お仕事熱血ストーリー　第2期 6（大丈夫、ぼくは君のそばにいる）」　日本児童文芸家協会編集　学研教育出版　2012年2月【学習支援本】

「パン―たべるのだいすき！食育えほん；2-7」　岡本一郎ぶん；常永美弥え；牛原琴愛監修　チャイルド本社　2012年10月【学習支援本】

「商店街へGO！1（人とつながる商店街）―社会科見学★ぼくらのまち探検」　鈴木出版編集部商店街研究会編　鈴木出版　2014年1月【学習支援本】

「すがたをかえるたべものしゃしんえほん 5（パンができるまで）」　宮崎祥子構成・文；白松清之写真　岩崎書店　2014年3月【学習支援本】

「タトゥとパトゥのへんてこアルバイト：12のアルバイト体験一挙大公開！」　アイノ・ハブカイネン；サミ・トイボネン 作；いながきみはる 訳　猫の言葉社　2015年3月【学習支援本】

「めざせ！世界にはばたく若き職人 1」　こどもくらぶ編　WAVE出版　2015年3月【学習支援本】

「職場体験学習に行ってきました。：中学生が本物の「仕事」をやってみた！11」　全国中学校進路指導・キャリア教育連絡協議会監修　学研プラス　2016年2月【学習支援本】

「夢のお仕事さがし大図鑑：名作マンガで「すき！」を見つける 1」　夢のお仕事さがし大図鑑編集委員会編　日本図書センター　2016年9月【学習支援本】

「夢のお仕事さがし大図鑑：名作マンガで「すき!」を見つける. 1」 夢のお仕事さがし大図鑑編集委員会 編　日本図書センター　2016年9月【学習支援本】

「甘くてかわいいお菓子の仕事：自分流・夢の叶え方―14歳の世渡り術」 KUNIKA著　河出書房新社　2017年3月【学習支援本】

「NHKプロフェッショナル仕事の流儀 2」 NHK「プロフェッショナル」制作班編　ポプラ社　2018年4月【学習支援本】

「未来のお仕事入門 = MANGA FUTURE CAREER PRIMER―学研まんが入門シリーズミニ」 東園子 まんが　学研プラス　2018年8月【学習支援本】

「名人はっけん!まちたんけん 1」 鎌田和宏監修　学研プラス　2019年2月【学習支援本】

「仕事のくふう、見つけたよ [2]」 青山由紀監修　金の星社　2020年3月【学習支援本】

「調べて、書こう!教科書に出てくる仕事のくふう、見つけたよ 3」 『仕事のくふう、見つけたよ』編集委員会編著　汐文社　2020年3月【学習支援本】

「調べてまとめる!仕事のくふう 1」 岡田博元監修　ポプラ社　2020年4月【学習支援本】

「捨てないパン屋の挑戦しあわせのレシピ：SDGsノンフィクション食品ロス」 井出留美著　あかね書房　2021年8月【学習支援本】

▶ お仕事の様子をお話で読むには

「パンとなるパン屋さん」 さとのりんご絵と文　文芸社　2021年1月【絵本】

「パンどろぼうvsにせパンどろぼう」 柴田ケイコ作　KADOKAWA　2021年1月【絵本】

「ムカシのちょっといい未来―福音館創作童話シリーズ. ユウレイ通り商店街；1」 田部智子作;岡田千晶画　福音館書店　2010年6月【児童文学】

「クールな三上も楽じゃない―ユウレイ通り商店街；3」 田部智子作;岡田千晶画　福音館書店　2011年9月【児童文学】

「身代わり伯爵の冒険」 清家未森作;ねぎしきょうこ絵　角川書店（角川つばさ文庫）　2012年2月【児童文学】

「つるばら村の魔法のパン―わくわくライブラリー」 茂市久美子作;中村悦子絵　講談社　2012年11月【児童文学】

「パン屋のこびととハリネズミ：ふしぎな11のおとぎ話」 アニー・M・G・シュミット作;西村由美訳;たちもとみちこ絵　徳間書店　2013年11月【児童文学】

「焼き上がり5分前!」 星はいり作;TAKA絵　ポプラ社（ノベルズ・エクスプレス）　2014年3月【児童文学】

「真夜中のパン屋さん [1] (午前0時のレシピ) 図書館版」 大沼紀子著　ポプラ社（teenに贈る文学）　2014年4月【児童文学】

「真夜中のパン屋さん [2] (午前1時の恋泥棒) 図書館版」 大沼紀子著　ポプラ社（teenに贈る文学）　2014年4月【児童文学】

1 食べもの、料理を作る仕事

「真夜中のパン屋さん [3] (午前2時の転校生) 図書館版」 大沼紀子著 ポプラ社(teenに贈る文学) 2014年4月【児童文学】

「真夜中のパン屋さん [4] (午前3時の眠り姫) 図書館版」 大沼紀子著 ポプラ社(teenに贈る文学) 2014年4月【児童文学】

「イチゴの村のお話たち = Stories of Strawberry Village [4] (ハッピーパンやきたてです)」 エム・エーフィールド文 学研教育出版 2014年6月【児童文学】

「陰山英男の読書が好きになる名作 : 音読や読書習慣が身につく「陰山メソッド」朝読本 3年生」 陰山英男監修 講談社 2014年7月【児童文学】

「妖精のパン屋さん」 斉藤栄美作;染谷みのる絵 金の星社 2014年11月【児童文学】

「妖精のロールパン」 斉藤栄美作;染谷みのる絵 金の星社 2015年5月【児童文学】

「ジュニア99のなみだ―リンダパブリッシャーズの本」 リンダパブリッシャーズ編集部編 泰文堂 2015年11月【児童文学】

「キキに出会った人びと : 魔女の宅急便 特別編―福音館創作童話シリーズ」 角野栄子作;佐竹美保画 福音館書店 2016年1月【児童文学】

「ベストフレンズベーカリー 1」 リンダ・チャップマン著;中野聖訳;佐々木メエ絵 学研プラス 2016年8月【児童文学】

「ベストフレンズベーカリー 2」 リンダ・チャップマン著;中野聖訳;佐々木メエ絵 学研プラス 2016年9月【児童文学】

「ねこの町のリリアのパン : たべもののおはなし・パン―たべもののおはなしシリーズ」 小手鞠るい作;くまあやこ絵 講談社 2017年2月【児童文学】

「おばけのアッチとくものパンやさん―ポプラ社の新・小さな童話 ; 311. 小さなおばけ」 角野栄子さく;佐々木洋子え ポプラ社 2018年1月【児童文学】

「真夜中のパン屋さん [5] 図書館版」 大沼紀子著 ポプラ社(teenに贈る文学) 2018年4月【児童文学】

「真夜中のパン屋さん [6] 図書館版」 大沼紀子著 ポプラ社(teenに贈る文学) 2018年4月【児童文学】

「大熊猫(パンダ)ベーカリー : パンダと私の内気なクリームパン!」 くればやしよしえ著;新井陽次郎イラスト 小学館(小学館ジュニア文庫) 2019年3月【児童文学】

「妖精のカレーパン」 斉藤栄美作;染谷みのる絵 金の星社 2019年3月【児童文学】

「パン売りロバさんやってきた」 けん・駄馬男文・絵 文芸社 2019年7月【児童文学】

「ドーナツの歩道橋―teens' best selections ; 52」 升井純子著 ポプラ社 2020年3月【児童文学】

「へんくつさんのお茶会 : おいしい山のパン屋さんの物語」 楠章子作;井田千秋絵 学研プラス(ジュニア文学館) 2020年11月【児童文学】

「大熊猫(パンダ)ベーカリー [2]」 くればやしよしえ著;みずすイラスト 小学館(小学館ジュニア文庫) 2021年6月【児童文学】

「坂の上のパン屋さん―文研じゅべにーる」 尾崎美紀作;たかおかゆみこ絵　文研出版 2021年7月【児童文学】

「真夜中のパン屋さん 午前0時のレシピ上」 大沼紀子作;木屋町絵　ポプラ社(ポプラキミノベル)　2021年9月【児童文学】

「真夜中のパン屋さん 午前0時のレシピ下」 大沼紀子作;木屋町絵　ポプラ社(ポプラキミノベル)　2021年10月【児童文学】

「あやかしパン屋さん：魔法のサンドイッチはじめました」 しっぽタヌキ著　一迅社(メゾン文庫)　2018年12月【ライトノベル・ライト文芸】

「焼きたてパン工房プティラパン：僕とウサギのアップルデニッシュ」 植原翠著　マイナビ出版(ファン文庫)　2019年2月【ライトノベル・ライト文芸】

「ホテルクラシカル猫番館：横浜山手のパン職人」 小湊悠貴著　集英社(集英社オレンジ文庫)　2019年5月【ライトノベル・ライト文芸】

「ハケン飯友 [2]」 椹野道流著　集英社(集英社オレンジ文庫)　2019年11月【ライトノベル・ライト文芸】

「ホテルクラシカル猫番館：横浜山手のパン職人 3」 小湊悠貴著　集英社(集英社オレンジ文庫)　2020年10月【ライトノベル・ライト文芸】

「ハケン飯友 [3]」 椹野道流著　集英社(集英社オレンジ文庫)　2021年11月【ライトノベル・ライト文芸】

1 食べもの、料理を作る仕事

パティシエ、お菓子屋さん

ケーキやクッキー、チョコレートなど、お菓子を作る専門家で、パティシエはフランス語で「お菓子職人」という意味です。お菓子屋さんやレストランで働き、見た目も美しくておいしいデザートを作ります。材料の計量や温度管理といった仕事もあり、細やかな技術や気配りが必要です。新しいレシピを考えたり、お客様の希望を聞いてお菓子をデザインしたりすることもあります。お菓子の専門学校で技術を学んだり、お店で経験を積んでスキルを磨いたりすることで、パティシエになれたりします。

▶お仕事について詳しく知るには

「感動する仕事!泣ける仕事!:お仕事熱血ストーリー 2(笑顔で幸せを届けたい)」 学研教育出版　2010年2月【学習支援本】

「パティシエになるには―なるにはbooks;134」 辻製菓専門学校編著　ぺりかん社　2010年7月【学習支援本】

「現代人の伝記:人間てすばらしい、生きるってすばらしい 4」 致知編集部編　致知出版社　2010年7月【学習支援本】

「料理旅行スポーツのしごと:人気の職業早わかり!」 PHP研究所編　PHP研究所　2010年10月【学習支援本】

「わたしが子どもだったころ 3」 NHK「わたしが子どもだったころ」制作グループ編　ポプラ社　2012年3月【学習支援本】

「めざせパティシエ!スイーツ作り入門―入門百科+;4」 神みよ子著　小学館　2013年7月【学習支援本】

「お菓子でたどるフランス史」 池上俊一著　岩波書店(岩波ジュニア新書)　2013年11月【学習支援本】

「めざせ!世界にはばたく若き職人 1」 こどもくらぶ編　WAVE出版　2015年3月【学習支援本】

「世界一のパティシエになる!:ケーキ職人辻口博啓ものがたり」 輔老心著　岩崎書店　2015年3月【学習支援本】

「ケーキ屋さん・カフェで働く人たち：しごとの現場としくみがわかる!―しごと場見学!」
籏智優子著　ぺりかん社　2015年5月【学習支援本】

「未来のお仕事入門 = MANGA FUTURE CAREER PRIMER―学研まんが入門シリーズ」
東園子まんが　学研教育出版　2015年8月【学習支援本】

「ルルとララの手作りSweets 夏のお菓子」　あんびるやすこ監修　岩崎書店　2015年11月
【学習支援本】

「ルルとララの手作りSweets 秋のお菓子」　あんびるやすこ監修　岩崎書店　2015年11月
【学習支援本】

「ルルとララの手作りSweets 春のお菓子」　あんびるやすこ監修　岩崎書店　2015年11月
【学習支援本】

「ルルとララの手作りSweets 冬のお菓子」　あんびるやすこ監修　岩崎書店　2015年11月
【学習支援本】

「職場体験学習に行ってきました。：中学生が本物の「仕事」をやってみた! 11」　全国中学校
進路指導・キャリア教育連絡協議会監修　学研プラス　2016年2月【学習支援本】

「食にかかわる仕事―漫画家たちが描いた仕事：プロフェッショナル」　早川光著;きたがわ
翔著;寺沢大介著;西ゆうじ著;テリー山本著;山本おさむ著;あべ善太著;倉田よしみ著　金の星
社　2016年3月【学習支援本】

「夢のお仕事さがし大図鑑：名作マンガで「すき!」を見つける 1」　夢のお仕事さがし大図鑑
編集委員会編　日本図書センター　2016年9月【学習支援本】

「ケーキデザイナー = Cake Designer：時代をつくるデザイナーになりたい!!―Rikuyosha
Children & YA Books」　スタジオ248編著　六耀社　2016年11月【学習支援本】

「感動のおしごとストーリー：開け!夢へのトビラ そら色の章―キラかわ★ガール」　ナツメ
社　2017年1月【学習支援本】

「企業内職人図鑑：私たちがつくっています。 11」　こどもくらぶ編　同友館　2017年1月
【学習支援本】

「甘くてかわいいお菓子の仕事：自分流・夢の叶え方―14歳の世渡り術」　KUNIKA著　河
出書房新社　2017年3月【学習支援本】

「キャリア教育に活きる!仕事ファイル：センパイに聞く 5」　小峰書店編集部編著　小峰書
店　2017年4月【学習支援本】

「大人になったらしたい仕事：「好き」を仕事にした35人の先輩たち」　朝日中高生新聞編集
部編著　朝日学生新聞社　2017年9月【学習支援本】

「こどもおしごとキャラクター図鑑」　給料BANK著;いとうみつるイラスト　宝島社　2017
年12月【学習支援本】

「チョコレート物語：一粒のおくり物を伝えた男」　佐和みずえ著　くもん出版　2018年2月
【学習支援本】

「好きなモノから見つけるお仕事：キャリア教育にぴったり! 2」　藤田晃之監修　学研プラ
ス　2018年2月【学習支援本】

1 食べもの，料理を作る仕事

「こどもしごと絵じてん」 畠山重篤著;スギヤマカナヨ絵 三省堂 2018年5月【学習支援本】

「パティシエになるには?」 永井紀之監修;里々イラスト;so品マンガ 金の星社(マンガでわかるあこがれのお仕事) 2018年6月【学習支援本】

「未来のお仕事入門 = MANGA FUTURE CAREER PRIMER」 東園子まんが 学研プラス (学研まんが入門シリーズミニ) 2018年8月【学習支援本】

「こどもしごと絵じてん 小型版」 三省堂編修所編 三省堂 2018年9月【学習支援本】

「夢をそだてるみんなの仕事300：野球選手/花屋 サッカー選手 医師/警察官 研究者/消防士 パティシエ 新幹線運転士 パイロット 美容師/モデル ユーチューバー アニメ監督 宇宙飛行士ほか 講談社 2018年11月【学習支援本】

「お仕事でめいろあそび」 奥谷敏彦; 嵩瀬ひろし; 土門トキオ 作; 雨音くるみ; 尾池ユリ絵; おうせめい; 神威なつき; こいち; 星谷ゆき; 山上七生 絵 成美堂出版 2018年12月【学習支援本】

「ときめきスイーツ」 東京製菓学校監修 学研プラス(学研の図鑑LIVE forガールズ) 2018年12月【学習支援本】

「中学生のためのスイーツの教科書：13歳からのパティシエ修業」 おかやま山陽高校製菓科編 吉備人出版 2018年12月【学習支援本】

「マンガで体験!人気の仕事―小学生のミカタ」 仕事の専門家18名 監修;おおうちえいこ マンガ 小学館 2019年12月【学習支援本】

「調べてまとめる!仕事のくふう 2」 岡田博元監修 ポプラ社 2020年4月【学習支援本】

「めくって学べるしごと図鑑 学研プラス 2020年5月【学習支援本】

「お菓子はすごい!：パティシエが先生!小学生から使える、子どものためのはじめてのお菓子の本」 菅又亮輔著;捧雄介著;音羽明日香著;笠原将弘著;柴田書店編 柴田書店 2021年3月【学習支援本】

▶お仕事の様子をお話で読むには

「ブタのドーナツやさん」 谷口智則作 小学館 2017年8月【絵本】

「ドーナツやさんのおてつだい」 もとしたいづみさく;ヨシエえ 絵本ナビ 2018年1月【絵本】

「まてまてドーナツ」 わたなべちいこ作・絵 フレーベル館 2019年10月【絵本】

「ドーナッツじけん」 長谷川あかり作 タリーズコーヒージャパン 2020年4月【絵本】

「おおきくなったらなりたいな―あかちゃんがよろこぶしかけえほん」 ひらぎみつえ作 ほるぷ出版 2021年4月【絵本】

「うさぎのモニカのケーキ屋さん―わくわくライブラリー」 小手鞠るいさく;たかすかずみえ 講談社 2021年1月【児童文学】

「ルルとララのガトーショコラ―Maple Street」 あんびるやすこ作・絵 岩崎書店 2021年3月【児童文学】

「銭天堂：ふしぎ駄菓子屋 16」 廣嶋玲子作;jyajya絵　偕成社　2021年9月【児童文学】

「魔女のマジョランさん世界一まずいクッキーのひみつ―GO!GO!ブックス；3」　石井睦美作;井田千秋絵　ポプラ社　2021年10月【児童文学】

「にゃんこ亭のレシピ 4」 椹野道流著　講談社（講談社X文庫. White heart）　2010年1月【ライトノベル・ライト文芸】

「菓子フェスの庭」 上田早夕里著　角川春樹事務所（ハルキ文庫 = Haruki Bunko）　2011年12月【ライトノベル・ライト文芸】

「リリーベリー = LILY BERRY：イチゴショートのない洋菓子店」 大平しおり著　アスキー・メディアワークス（メディアワークス文庫）　2013年3月【ライトノベル・ライト文芸】

「お召し上がりは容疑者から：パティシエの秘密推理」 似鳥鶏著　幻冬舎（幻冬舎文庫）2013年9月【ライトノベル・ライト文芸】

「天使のどーなつ」 峰月皓著　KADOKAWA（メディアワークス文庫）　2013年10月【ライトノベル・ライト文芸】

「幽遊菓庵：春寿堂の怪奇帳」 真鍋卓著　KADOKAWA（富士見L文庫）　2014年9月【ライトノベル・ライト文芸】

「幽遊菓庵：春寿堂の怪奇帳 2」 真鍋卓著　KADOKAWA（富士見L文庫）　2015年2月【ライトノベル・ライト文芸】

「お待ちしてます下町和菓子栗丸堂 3」 似鳥航一著　KADOKAWA（メディアワークス文庫）　2015年4月【ライトノベル・ライト文芸】

「幽遊菓庵：春寿堂の怪奇帳 3」 真鍋卓著　KADOKAWA（富士見L文庫）　2015年6月【ライトノベル・ライト文芸】

「オークブリッジ邸の笑わない貴婦人：新人メイドと秘密の写真」 太田紫織著　新潮社（新潮文庫nex）　2015年9月【ライトノベル・ライト文芸】

「幽遊菓庵：春寿堂の怪奇帳 4」 真鍋卓著　KADOKAWA（富士見L文庫）　2015年11月【ライトノベル・ライト文芸】

「鎌倉おやつ処の死に神」 谷崎泉著　KADOKAWA（富士見L文庫）　2016年1月【ライトノベル・ライト文芸】

「アフターライフレストラン = AFTERLIFE RESTAURANT：お客さまは幽霊です」 京本喬介著　KADOKAWA（メディアワークス文庫）　2016年2月【ライトノベル・ライト文芸】

「トーキョー下町ゴールドクラッシュ!」 角埜杞真著　KADOKAWA（メディアワークス文庫）　2016年2月【ライトノベル・ライト文芸】

「万国菓子舗お気に召すまま：お菓子、なんでも承ります。」 溝口智子著　マイナビ出版（ファン文庫）　2016年3月【ライトノベル・ライト文芸】

「幽遊菓庵：春寿堂の怪奇帳 5」 真鍋卓著　KADOKAWA（富士見L文庫）　2016年4月【ライトノベル・ライト文芸】

「幽遊菓庵：春寿堂の怪奇帳 6」 真鍋卓著　KADOKAWA（富士見L文庫）　2016年7月【ライトノベル・ライト文芸】

1 食べもの、料理を作る仕事

「鎌倉おやつ処の死に神 2」 谷崎泉著 KADOKAWA（富士見L文庫） 2016年8月【ライトノベル・ライト文芸】

「万国菓子舗お気に召すまま [2]」 溝口智子著 マイナビ出版（ファン文庫） 2016年8月【ライトノベル・ライト文芸】

「花咲家の怪」 村山早紀著 徳間書店（徳間文庫） 2016年10月【ライトノベル・ライト文芸】

「週末は隠れ家でケーキを：女子禁制の洋菓子店」 杉元晶子著 集英社（集英社オレンジ文庫） 2016年10月【ライトノベル・ライト文芸】

「幽遊菓庵：春寿堂の怪奇帳 四季徒然」 真鍋卓著 KADOKAWA（富士見L文庫） 2016年10月【ライトノベル・ライト文芸】

「ケーキ王子の名推理（スペシャリテ） 2」 七月隆文著 新潮社(新潮文庫nex) 2017年4月【ライトノベル・ライト文芸】

「万国菓子舗お気に召すまま [3]」 溝口智子著 マイナビ出版（ファン文庫） 2017年6月【ライトノベル・ライト文芸】

「万国菓子舗お気に召すまま [4]」 溝口智子著 マイナビ出版（ファン文庫） 2017年11月【ライトノベル・ライト文芸】

「カフェ・グリムへようこそ：シンデレラとカボチャのタルト」 藤浪智之著 KADOKAWA（富士見L文庫） 2018年1月【ライトノベル・ライト文芸】

「パティスリー幸福堂書店はじめました」 秦本幸弥著 双葉社（双葉文庫） 2018年1月【ライトノベル・ライト文芸】

「パティスリー幸福堂書店はじめました 2」 秦本幸弥著 双葉社（双葉文庫） 2018年6月【ライトノベル・ライト文芸】

「万国菓子舗お気に召すまま [5]」 溝口智子著 マイナビ出版（ファン文庫） 2018年8月【ライトノベル・ライト文芸】

「つつじ和菓子本舗のこいこい―鍵屋の隣の和菓子屋さん」 梨沙著 集英社（集英社オレンジ文庫） 2018年9月【ライトノベル・ライト文芸】

「パネジョのお嬢様が焼くパンケーキは謎の香り」 文月向日葵著 光文社（光文社キャラ文庫） 2018年9月【ライトノベル・ライト文芸】

「万国菓子舗お気に召すまま [6]」 溝口智子著 マイナビ出版（ファン文庫） 2018年9月【ライトノベル・ライト文芸】

「バージンパンケーキ国分寺」 雪舟えま著 集英社（集英社文庫） 2019年1月【ライトノベル・ライト文芸】

「パティスリー幸福堂書店はじめました 3」 秦本幸弥著 双葉社（双葉文庫） 2019年1月【ライトノベル・ライト文芸】

「洋菓子店アルセーヌ：ケーキ作りは宝石泥棒から」 九条菜月著 中央公論新社（中公文庫） 2019年3月【ライトノベル・ライト文芸】

「つつじ和菓子本舗のもろもろ―鍵屋の隣の和菓子屋さん」 梨沙著 集英社（集英社オレン

ジ文庫）　2019年4月【ライトノベル・ライト文芸】

「万国菓子舗お気に召すまま [7]」　溝口智子著　マイナビ出版（ファン文庫）　2019年5月
【ライトノベル・ライト文芸】

「お隣さんな教え子と甘い〇〇」　望月唯一著　講談社（講談社ラノベ文庫）　2019年6月【ラ
イトノベル・ライト文芸】

「ケーキ王子の名推理(スペシャリテ) 4」　七月隆文著　新潮社（新潮文庫.nex）　2019年7
月【ライトノベル・ライト文芸】

「バネジョのお嬢様が焼くパンケーキは謎の香り 2」　文月向日葵著　光文社（光文社文庫.光
文社キャラクター文庫）　2019年7月【ライトノベル・ライト文芸】

「洋菓子店アルセーヌ 2」　九条菜月著　中央公論新社（中公文庫）　2019年11月【ライトノ
ベル・ライト文芸】

「難事件カフェ」　似鳥鶏著　光文社（光文社文庫）　2020年4月【ライトノベル・ライト文芸】

「万国菓子舗お気に召すまま [8]」　溝口智子著　マイナビ出版（ファン文庫）　2020年4月
【ライトノベル・ライト文芸】

「難事件カフェ 2」　似鳥鶏著　光文社（光文社文庫）　2020年5月【ライトノベル・ライト文
芸】

「氷と蜜」　佐久そるん著　小学館（小学館文庫）　2020年6月【ライトノベル・ライト文芸】

「氷の令嬢の溶かし方 1」　高峰翔著　双葉社（モンスター文庫）　2020年10月【ライトノベ
ル・ライト文芸】

「万国菓子舗お気に召すまま [9]」　溝口智子著　マイナビ出版（ファン文庫）　2021年2月
【ライトノベル・ライト文芸】

「万国菓子舗お気に召すまま [10]」　溝口智子著　マイナビ出版（ファン文庫）　2021年11月
【ライトノベル・ライト文芸】

1 食べもの、料理を作る仕事

和菓子職人

あんこを使ったおまんじゅうやお団子、季節の花や風景を表現した美しい練り切りなど、日本の伝統的なお菓子である和菓子を作る専門家です。和菓子職人は、材料をていねいに扱い、細やかな技術で和菓子を一つ一つ手づくりします。また、和菓子はお茶会やお祝いごとなどで大切にされており、季節の移り変わりを感じさせるデザインが特徴です。伝統的な技術を学び、長い時間をかけて経験を積み、技術を磨いていくことで和菓子職人になれたりします。

▶お仕事について詳しく知るには

「料理旅行スポーツのしごと：人気の職業早わかり！」 PHP研究所編　PHP研究所　2010年10月【学習支援本】

「職場体験完全ガイド 23　ポプラ社　2011年3月【学習支援本】

「しごとば. もっと—しごとばシリーズ」　鈴木のりたけ 作　ブロンズ新社　2014年5月【学習支援本】

「めざせ!世界にはばたく若き職人 1」　こどもくらぶ編　WAVE出版　2015年3月【学習支援本】

「子どもに伝えたい和の技術 4（和菓子）」　和の技術を知る会著　文溪堂　2015年11月【学習支援本】

「食にかかわる仕事—漫画家たちが描いた仕事：プロフェッショナル」　早川光著;きたがわ翔著;寺沢大介著;西ゆうじ著;テリー山本著;山本おさむ著;あべ善太著;倉田よしみ著　金の星社　2016年3月【学習支援本】

「夢のお仕事さがし大図鑑：名作マンガで「すき!」を見つける. 1」　夢のお仕事さがし大図鑑編集委員会 編　日本図書センター　2016年9月【学習支援本】

「未来のお仕事入門 = MANGA FUTURE CAREER PRIMER—学研まんが入門シリーズミニ」　東園子 まんが　学研プラス　2018年8月【学習支援本】

「名人はっけん!まちたんけん 1」　鎌田和宏監修　学研プラス　2019年2月【学習支援本】

▶お仕事の様子をお話で読むには

「黒猫茶房の四季つづり = four seasons essays of Kuroneko Sabou：僕と偽執事と職人のこしあん事情」 菅沼理恵著　TOブックス（TO文庫）　2015年10月【ライトノベル・ライト文芸】

「下町甘味処極楽堂へいらっしゃい」 涙鳴著　スターツ出版（スターツ出版文庫）　2018年5月【ライトノベル・ライト文芸】

「いらっしゃいませ下町和菓子栗丸堂：「和」菓子をもって貴しとなす」 似鳥航一著　KADOKAWA（メディアワークス文庫）　2020年3月【ライトノベル・ライト文芸】

「いらっしゃいませ下町和菓子栗丸堂 2」 似鳥航一著　KADOKAWA（メディアワークス文庫）　2020年8月【ライトノベル・ライト文芸】

「いらっしゃいませ下町和菓子栗丸堂 3」 似鳥航一著　KADOKAWA（メディアワークス文庫）　2021年3月【ライトノベル・ライト文芸】

「いらっしゃいませ下町和菓子栗丸堂 4」 似鳥航一著　KADOKAWA（メディアワークス文庫）　2021年9月【ライトノベル・ライト文芸】

料理教室講師

料理の作り方を教える先生で、生徒に野菜の切り方やお肉の焼き方、調味料の使い方など、基本的な料理の技術を教えます。また、レシピの説明をしながら、料理がうまくできるコツやおいしく作るための工夫も伝えます。料理教室では、子どもから大人まで、さまざまな人が料理を学ぶため、講師はわかりやすく教えることが大切で、生徒が楽しく料理を学べるようにサポートします。料理教室の講師は、料理の楽しさを伝え、人々が家庭でもおいしい料理を作れるようにする仕事です。

▶お仕事について詳しく知るには

「マチのお気楽料理教室」 秋川滝美 著　講談社（講談社文庫）　2021年5月【ライトノベル・ライト文芸】

1 食べもの、料理を作る仕事

ショコラティエ

チョコレートを専門に作る職人で、お菓子屋さんやチョコレート専門店で働きます。新しい味を考えたり、美しい形に仕上げたりして、食べる人が楽しめるよう工夫しながら、チョコレートを使ってさまざまなデザートやお菓子を作ります。チョコレートはカカオ豆から作られており、味や香り、食感を引き出すためには、温度管理や材料の取り扱いがとても重要です。そのため、専門学校で学んだり、経験を積むなどして、技術を磨いたりします。

▶お仕事について詳しく知るには

「大人になったら何になる？：大好きなことを仕事にした人たちからあなたへのメッセージ」ジェシカ・ロイ著;矢谷雅子訳　バベルプレス　2010年10月【学習支援本】

「料理旅行スポーツのしごと：人気の職業早わかり！」PHP研究所編　PHP研究所　2010年10月【学習支援本】

「見たい!知りたい!たくさんの仕事 3」こどもくらぶ編　WAVE出版　2016年3月【学習支援本】

「大人になったらしたい仕事：「好き」を仕事にした35人の先輩たち」朝日中高生新聞編集部編著　朝日学生新聞社　2017年9月【学習支援本】

「未来のお仕事入門 = MANGA FUTURE CAREER PRIMERー学研まんが入門シリーズミニ」東園子 まんが　学研プラス　2018年8月【学習支援本】

▶お仕事の様子をお話で読むには

「スイートスイーツショコラ」ゆうきりん著　徳間書店（徳間文庫）　2011年2月【ライトノベル・ライト文芸】

「ショコラティエの勲章」上田早夕里著　角川春樹事務所（ハルキ文庫）　2011年3月【ライトノベル・ライト文芸】

「ショコラの王子様 = Prince de Chocolat」秋目人著　KADOKAWA（メディアワークス文庫）　2015年1月【ライトノベル・ライト文芸】

「浅草ちょこれいと堂：雅な茶人とショコラティエール」江本マシメサ著　マイナビ出版（ファン文庫）　2019年6月【ライトノベル・ライト文芸】

レストラン、食堂

食べものを作ってお客様に提供するお店です。そこでは、料理を作るシェフや調理師、料理を運ぶサービススタッフなど、いろいろな人たちが働いています。シェフや調理師は、お客様の注文に合わせておいしい料理を作り、サービススタッフはお客様に料理を運んだり、お店で快適に過ごしてもらうためのお手伝いをしたりします。レストランや食堂の仕事には、おいしい食事を通じてお客様を笑顔にし、楽しい食事の時間を提供する大切な役割があります。

▶お仕事について詳しく知るには

「レストランで働く人たち：しごとの現場としくみがわかる！―しごと場見学！」 戸田恭子著 ぺりかん社 2012年1月【学習支援本】

「社会科見学に役立つわたしたちのくらしとまちのしごと場 2」 ニシ工芸児童教育研究所編 金の星社 2013年2月【学習支援本】

「東日本大震災伝えなければならない100の物語 第10巻 (未来へ)」 学研教育出版著 学研教育出版 2013年2月【学習支援本】

「商店街へGO! 1 (人とつながる商店街)―社会科見学★ぼくらのまち探検」 鈴木出版編集部商店街研究会編 鈴木出版 2014年1月【学習支援本】

「牧場・農場で働く人たち：しごとの現場としくみがわかる！―しごと場見学！」 大浦佳代著 ぺりかん社 2014年12月【学習支援本】

▶お仕事の様子をお話で読むには

「つばきレストラン―幼児絵本ふしぎなたねシリーズ」 おおたぐろまりさく 福音館書店 2021年1月【絵本】

「5ひきの子ぶた」 ふじいようこ文・絵 出版ワークス 2021年2月【絵本】

「はやくちレストラン」 もぎあきこ作;森あさ子絵 金の星社 2021年3月【絵本】

「川があふれた！まちが沈んだ日 生きる力をくれたキジ馬くん」 古山拓絵;チームキジ馬く

1 食べもの、料理を作る仕事

ん編　パピルスあい　2021年7月【絵本】

「オムライスかいぎ」　泉小春作;うえきひでみ絵　文芸社　2021年9月【絵本】

「みさき食堂へようこそ―わくわくライブラリー」　香坂直作;北沢平祐絵　講談社　2012年5月【児童文学】

「ふしぎ町のふしぎレストラン 1」　三田村信行作;あさくらまや絵　あかね書房　2019年6月【児童文学】

「ねこやなぎ食堂 レシピ1」　つくもようこ作;かわいみな絵　講談社（講談社青い鳥文庫）2019年7月【児童文学】

「ねこやなぎ食堂 レシピ2」　つくもようこ作;かわいみな絵　講談社（講談社青い鳥文庫）2020年1月【児童文学】

「ふしぎ町のふしぎレストラン 2」　三田村信行作;あさくらまや絵　あかね書房　2020年3月【児童文学】

「ねこやなぎ食堂 レシピ3」　つくもようこ作;かわいみな絵　講談社（講談社青い鳥文庫）2020年10月【児童文学】

「ふしぎ町のふしぎレストラン 3」　三田村信行作;あさくらまや絵　あかね書房　2020年10月【児童文学】

「ふしぎ町のふしぎレストラン 4」　三田村信行作;あさくらまや絵　あかね書房　2021年7月【児童文学】

「スープ屋しずくの謎解き朝ごはん」　友井羊著　宝島社（宝島社文庫）　2014年11月【ライトノベル・ライト文芸】

「あやかしリストランテ：奇妙な客人のためのアラカルト」　王谷晶著　集英社（集英社オレンジ文庫）　2015年4月【ライトノベル・ライト文芸】

「まいごなぼくらの旅ごはん」　マサト真希著　KADOKAWA（メディアワークス文庫）2015年12月【ライトノベル・ライト文芸】

「スープ屋しずくの謎解き朝ごはん [2] (今日を迎えるためのポタージュ)」　友井羊著　宝島社（宝島社文庫）　2016年2月【ライトノベル・ライト文芸】

「ティファニーで昼食を：ランチ刑事の事件簿」　七尾与史著　角川春樹事務所（ハルキ文庫）　2016年5月【ライトノベル・ライト文芸】

「まいごなぼくらの旅ごはん [2]」　マサト真希著　KADOKAWA（メディアワークス文庫）2016年5月【ライトノベル・ライト文芸】

「神崎食堂のしあわせ揚げ出し豆腐」　帆下布団著　マイナビ出版（ファン文庫）　2016年9月【ライトノベル・ライト文芸】

「懐かしい食堂あります：谷村さんちは大家族」　似鳥航一著　KADOKAWA（角川文庫）2016年12月【ライトノベル・ライト文芸】

「すしそばてんぷら」　藤野千夜著　角川春樹事務所(ハルキ文庫)　2017年1月【ライトノベル・ライト文芸】

「スープ屋かまくら来客簿：あやかしに効く春野菜の夕焼け色スープ」　和泉桂著

KADOKAWA(富士見L文庫)　2017年4月【ライトノベル・ライト文芸】

「神様の定食屋」　中村颯希著　双葉社(双葉文庫)　2017年6月【ライトノベル・ライト文芸】

「幽冥食堂「あおやぎ亭」の交遊録」　篠原美季著　講談社(講談社X文庫)　2017年7月【ライトノベル・ライト文芸】

「スープ屋しずくの謎解き朝ごはん [3]」　友井羊著　宝島社(宝島社文庫)　2017年11月【ライトノベル・ライト文芸】

「神様の定食屋 2」　中村颯希著　双葉社(双葉文庫)　2017年12月【ライトノベル・ライト文芸】

「札幌あやかしスープカレー」　佐々木禎子著　ポプラ社(ポプラ文庫ピュアフル)　2018年7月【ライトノベル・ライト文芸】

「博多あやかし食堂よろず：ふっくらご飯とばあちゃんの筑前煮」　あさぎ千夜春著　KADOKAWA(富士見L文庫)　2018年8月【ライトノベル・ライト文芸】

「あやかし食堂の思い出料理帖：過去に戻れる噂の老舗「白露庵」」　御守いちる著　スターツ出版(スターツ出版文庫)　2018年10月【ライトノベル・ライト文芸】

「霊愛レストラン『メモリー』」　米原湖子著　一迅社(メゾン文庫)　2018年10月【ライトノベル・ライト文芸】

「スープ屋しずくの謎解き朝ごはん [4]」　友井羊著　宝島社(宝島社文庫)　2018年12月【ライトノベル・ライト文芸】

「七福神食堂」　宮川総一郎著　マイナビ出版(ファン文庫)　2019年3月【ライトノベル・ライト文芸】

「食堂メッシタ」　山口恵以子著　角川春樹事務所(ハルキ文庫)　2019年4月【ライトノベル・ライト文芸】

「満月の夜、君と-」　川瀬千紗著　三交社(スカイハイ文庫)　2019年5月【ライトノベル・ライト文芸】

「こぎつね、わらわら稲荷神のまんぷく飯」　松幸かほ著　三交社(スカイハイ文庫)　2019年6月【ライトノベル・ライト文芸】

「鎌倉男子そのひぐらし：材木座海岸で朝食を」　相羽鈴著　集英社(集英社オレンジ文庫)　2019年7月【ライトノベル・ライト文芸】

「こころ食堂のおもいで御飯：仲直りの変わり親子丼」　栗栖ひよ子著　スターツ出版(スターツ出版文庫)　2019年8月【ライトノベル・ライト文芸】

「クレイジー・キッチン = Crazy Kitchen」　荻原数馬著　KADOKAWA(カドカワBOOKS)　2019年10月【ライトノベル・ライト文芸】

「坂の上のレストラン《東雲》：松山あやかし桜」　田井ノエル著　新紀元社(ポルタ文庫)　2019年10月【ライトノベル・ライト文芸】

「スープ屋しずくの謎解き朝ごはん [5]」　友井羊著　宝島社(宝島社文庫.このミス大賞)　2019年12月【ライトノベル・ライト文芸】

「こころ食堂のおもいで御飯 [2]」　栗栖ひよ子著　スターツ出版(スターツ出版文庫)

1 食べもの，料理を作る仕事

2020年1月【ライトノベル・ライト文芸】

「クレイジー・キッチン＝Crazy Kitchen 2」 荻原数馬著　KADOKAWA（カドカワ
BOOKS）　2020年4月【ライトノベル・ライト文芸】

「湯けむり食事処ヒソップ亭」 秋川滝美著　講談社　2020年5月【ライトノベル・ライト文
芸】

「美味しい相棒：謎のタキシードイケメンと甘い卵焼き」 朧月あき著　スターツ出版（ス
ターツ出版文庫）　2020年5月【ライトノベル・ライト文芸】

「上野発、冥土行き寝台特急大河：食堂車で最期の夜を」 遠坂カナレ著　二見書房（二見サ
ラ文庫）　2020年6月【ライトノベル・ライト文芸】

「うちの社食がマズくて困ってます：総務部推進課霧島梓の挑戦」 黒崎蒼著
KADOKAWA（富士見L文庫）　2020年7月【ライトノベル・ライト文芸】

「こぐまねこ軒：自分を人間だと思っているレッサーパンダの料理店」 鳩見すた著　マイナ
ビ出版（ファン文庫）　2020年8月【ライトノベル・ライト文芸】

「スープ屋しずくの謎解き朝ごはん [6]―このミス大賞」 友井羊 著　宝島社（宝島社文庫）
2021年1月【ライトノベル・ライト文芸】

「尾道神様の隠れ家レストラン：失くした思い出、料理で見つけます」 瀬橋ゆか著　アル
ファポリス（アルファポリス文庫）　2021年1月【ライトノベル・ライト文芸】

「こぐまねこ軒：自分を人間だと思っているレッサーパンダの料理店 おかわり」 鳩見すた
著　マイナビ出版（ファン文庫）　2021年5月【ライトノベル・ライト文芸】

「鴨川食堂ごちそう」 柏井壽 著　小学館（小学館文庫）　2021年6月【ライトノベル・ライ
ト文芸】

「紳士と淑女の出張食堂」 安達瑶 著　実業之日本社（実業之日本社文庫）　2021年6月【ラ
イトノベル・ライト文芸】

「天狗町のあやかしかけこみ食堂」 栗栖ひよ子著　マイナビ出版（ファン文庫）　2021年6
月【ライトノベル・ライト文芸】

「藤丸物産のごはん話：恋する天丼」 高山ちあき著　集英社（集英社オレンジ文庫）　2021
年9月【ライトノベル・ライト文芸】

「スープ屋しずくの謎解き朝ごはん [7]―このミス大賞」 友井羊著　宝島社（宝島社文庫）
2021年11月【ライトノベル・ライト文芸】

ラーメン屋さん

ラーメンを専門に作って、お客様に提供するお店です。ラーメンには、しょうゆ、みそ、塩、とんこつなど、いろいろなスープの種類があります。ラーメン屋さんでは、時間をかけてていねいにスープを作り、麺をゆでて、チャーシューやネギなどの具材をのせて提供します。お客様が喜ぶように、スープの味や麺の硬さを調整したり、新しいメニューを考えたりもします。ラーメン屋さんの仕事は、おいしいラーメンを作って人々に幸せな食事時間を提供することです。

▶ お仕事について詳しく知るには

「料理旅行スポーツのしごと：人気の職業早わかり!」 PHP研究所編　PHP研究所　2010年10月【学習支援本】

「東日本大震災伝えなければならない100の物語 第6巻 (絆)」 学研教育出版著　学研教育出版　2013年2月【学習支援本】

「商店街へGO! 1 (人とつながる商店街)―社会科見学★ぼくらのまち探検」 鈴木出版編集部商店街研究会編　鈴木出版　2014年1月【学習支援本】

▶ お仕事の様子をお話で読むには

「ノラネコぐんだんラーメンやさん―コドモエのえほん」 工藤ノリコ著　白泉社　2021年11月【絵本】

「デュラララ!!×博多豚骨ラーメンズ」 成田良悟原作・監修;木崎ちあき著　KADOKAWA（電撃文庫）　2016年10月【ライトノベル・ライト文芸】

「ラーメンらーめんラーメンだあ!」 一柳雅彦著　小学館（小学館文庫）　2020年9月【ライトノベル・ライト文芸】

1 食べもの、料理を作る仕事

カフェ、喫茶店

コーヒーや紅茶、軽食を提供するお店です。そこで働く人たちは、ドリンクを作ったり、ケーキやサンドイッチなどを用意したりします。また、バリスタと呼ばれる人は、コーヒーをおいしく入れる専門家で、ラテアートなどの技術も持っています。カフェや喫茶店の仕事は、お客様にほっと一息つける時間と、リラックスできる場所を提供することも大切で、そのためにはていねいなサービスを心がけることが重要です。

▶お仕事について詳しく知るには

「カフェオーナー・カフェスタッフ・バリスタになるには―なるにはBOOKS；118」 安田理編著　ぺりかん社　2016年2月【学習支援本】

▶お仕事の様子をお話で読むには

「そらのきっさてん」　くまくら珠美作　理論社　2021年10月【絵本】

「なないろのクリームソーダ」　なんばりなさく;オヤスマーえ　ケンエレブックス　2021年11月【絵本】

「こねこのコットンチアーカフェStory：ありがとうのクッキーサンド」　misaki原作・イラスト;吉川愛歩著　学研プラス（キラピチブックス）　2021年7月【児童文学】

「夢見る瞳に大冒険（アドベンチャー）：トップ・シークレット!!」　七穂美也子著　集英社（コバルト文庫）　2010年6月【ライトノベル・ライト文芸】

「カフェかもめ亭」　村山早紀著　ポプラ社（ポプラ文庫ピュアフル）　2011年1月【ライトノベル・ライト文芸】

「カフェとオレの先輩」　樋口司著　メディアファクトリー（MF文庫J）　2011年2月【ライトノベル・ライト文芸】

「カフェとオレの先輩2」　樋口司著　メディアファクトリー（MF文庫J）　2011年7月【ライトノベル・ライト文芸】

「カフェとオレの先輩3」　樋口司著　メディアファクトリー（MF文庫J）　2011年10月【ライトノベル・ライト文芸】

「オーダーは探偵に：謎解き薫る喫茶店」 近江泉美著 アスキー・メディアワークス（メディアワークス文庫） 2012年11月【ライトノベル・ライト文芸】

「前世探偵カフェ・フロリアンの華麗な推理」 大村友貴美著 角川書店 2012年12月【ライトノベル・ライト文芸】

「萌音楽（ソング）のススメ☆」 月宮うさぎ著 集英社（集英社スーパーダッシュ文庫） 2012年12月【ライトノベル・ライト文芸】

「魔法使いのハーブティー＝Herb tea of magician」 有間カオル著 アスキー・メディアワークス（メディアワークス文庫） 2013年3月【ライトノベル・ライト文芸】

「オーダーは探偵に [2] (砂糖とミルクとスプーン一杯の謎解きを)」 近江泉美著 アスキー・メディアワークス（メディアワークス文庫） 2013年5月【ライトノベル・ライト文芸】

「ばんぱいやのパフェ屋さん：「マジックアワー」へようこそ」 佐々木禎子著 ポプラ社（ポプラ文庫ピュアフル） 2013年7月【ライトノベル・ライト文芸】

「つれづれ、北野坂探偵舎：心理描写が足りてない」 河野裕著 角川書店（角川文庫） 2013年9月【ライトノベル・ライト文芸】

「オーダーは探偵に [3] (グラスにたゆたう琥珀色の謎解き)」 近江泉美著 KADOKAWA（メディアワークス文庫） 2013年11月【ライトノベル・ライト文芸】

「ばんぱいやのパフェ屋さん [2] (真夜中の人魚姫)」 佐々木禎子著 ポプラ社（ポプラ文庫ピュアフル） 2014年1月【ライトノベル・ライト文芸】

「8番目のカフェテリアガール＝[The 8th Cafeteria Girl] 2 (東京おもてなしサバイバル)」 石原宙著 集英社（集英社スーパーダッシュ文庫） 2014年3月【ライトノベル・ライト文芸】

「カフェかもめ亭 猫たちのいる時間」 村山早紀著 ポプラ社（ポプラ文庫ピュアフル） 2014年3月【ライトノベル・ライト文芸】

「前世探偵カフェ・フロリアンの華麗な推理」 大村友貴美著 KADOKAWA（角川文庫） 2014年4月【ライトノベル・ライト文芸】

「ココロ・ドリップ＝kokoro drip：自由が丘、カフェ六分儀で会いましょう」 中村一著 KADOKAWA（メディアワークス文庫） 2014年5月【ライトノベル・ライト文芸】

「汐汲坂のカフェ・ルナール」 折口良乃著 KADOKAWA（メディアワークス文庫） 2014年5月【ライトノベル・ライト文芸】

「自称分析官ヴィルヘルムの迷推理＝Wilhelm Tell's irrelevant analysis」 十階堂一系著 KADOKAWA（メディアワークス文庫） 2014年6月【ライトノベル・ライト文芸】

「神楽坂G7：崖っぷちカフェ救出作戦会議」 水沢史絵著 集英社（集英社スーパーダッシュ文庫） 2014年6月【ライトノベル・ライト文芸】

「星やどりの声」 朝井リョウ著 KADOKAWA（角川文庫） 2014年6月【ライトノベル・ライト文芸】

「ばんぱいやのパフェ屋さん [3] (禁断の恋)」 佐々木禎子著 ポプラ社（ポプラ文庫ピュアフル） 2014年7月【ライトノベル・ライト文芸】

「今宵、喫茶店メリエスで上映会を」 山田彩人著 KADOKAWA（角川文庫） 2014年8月

1 食べもの、料理を作る仕事

【ライトノベル・ライト文芸】

「コーヒーブルース ＝ Coffee blues」　小路幸也著　実業之日本社（実業之日本社文庫）2015年2月【ライトノベル・ライト文芸】

「オーダーは探偵に [5]（季節限定、秘密ほのめくビターな謎解き）」　近江泉美著　KADOKAWA（メディアワークス文庫）　2015年3月【ライトノベル・ライト文芸】

「ココロ・ドリップ ＝ kokoro drip：自由が丘、カフェ六分儀で会いましょう2」　中村一著　KADOKAWA（メディアワークス文庫）　2015年3月【ライトノベル・ライト文芸】

「ぱんぱいやのパフェ屋さん [4]（恋する逃亡者たち）」　佐々木禎子著　ポプラ社（ポプラ文庫ピュアフル）　2015年5月【ライトノベル・ライト文芸】

「貸し本喫茶イストワール：書けない作家と臆病な司書」　川添枯美著　集英社（集英社オレンジ文庫）　2015年5月【ライトノベル・ライト文芸】

「動物珈琲店（ペットカフェ）ブレーメンの事件簿」　蒼井上鷹著　実業之日本社（実業之日本社文庫）　2015年6月【ライトノベル・ライト文芸】

「ショートショート・マルシェ」　田丸雅智著　光文社（光文社文庫）　2015年7月【ライトノベル・ライト文芸】

「オーダーは探偵に [6]（謎解きは舶来のスイーツと）」　近江泉美著　KADOKAWA（メディアワークス文庫）　2015年9月【ライトノベル・ライト文芸】

「おきつねさまのティータイム ＝ Teatime of the fox」　高村透著　KADOKAWA（メディアワークス文庫）　2015年10月【ライトノベル・ライト文芸】

「高円寺かふぇ純情の事情」　石原ひな子著　KADOKAWA（富士見L文庫）　2015年11月【ライトノベル・ライト文芸】

「ココロ・ドリップ ＝ kokoro drip：自由が丘、カフェ六分儀で会いましょう3」　中村一著　KADOKAWA（メディアワークス文庫）　2016年1月【ライトノベル・ライト文芸】

「深海カフェ海底二万哩」　蒼月海里著　KADOKAWA（角川文庫）　2016年1月【ライトノベル・ライト文芸】

「函館天球珈琲館：無愛想な店主は店をあけない」　相羽鈴著　集英社（集英社オレンジ文庫）　2016年3月【ライトノベル・ライト文芸】

「オーダーは探偵に [7]」　近江泉美著　KADOKAWA（メディアワークス文庫）　2016年4月【ライトノベル・ライト文芸】

「黒猫茶房の四季つづり ＝ four seasons essays of Kuroneko Sabou：僕と偽執事と職人のこしあん事情 2」　菅沼理恵著　TOブックス（TO文庫）　2016年4月【ライトノベル・ライト文芸】

「夜ふかし喫茶どろぼう猫」　彩本和希著　集英社（集英社オレンジ文庫）　2016年4月【ライトノベル・ライト文芸】

「ぱんぱいやのパフェ屋さん [5]」　佐々木禎子著　ポプラ社（ポプラ文庫ピュアフル）2016年5月【ライトノベル・ライト文芸】

「深海カフェ海底二万哩 2」　蒼月海里著　KADOKAWA（角川文庫）　2016年5月【ライトノ

ベル・ライト文芸】

「尾道茶寮夜咄堂：おすすめは、お抹茶セット五百円〈つくも神付き〉」 加藤泰幸著 宝島社（宝島社文庫） 2016年10月【ライトノベル・ライト文芸】

「有松恋染めノスタルジー」 藍生有著 KADOKAWA（富士見L文庫） 2016年11月【ライトノベル・ライト文芸】

「おたすけ幽霊カフェ」 愁堂れな著 KADOKAWA（富士見L文庫） 2016年12月【ライトノベル・ライト文芸】

「鍵屋甘味処改 5」 梨沙著 集英社（集英社オレンジ文庫） 2017年1月【ライトノベル・ライト文芸】

「喫茶ルパンで秘密の会議」 蒼井蘭子著 三交社（スカイハイ文庫） 2017年2月【ライトノベル・ライト文芸】

「オーダーは探偵に [8]」 近江泉美著 KADOKAWA（メディアワークス文庫） 2017年3月【ライトノベル・ライト文芸】

「おやつカフェでひとやすみ：しあわせの座敷わらし」 瀬王みかる著 集英社（集英社オレンジ文庫） 2017年3月【ライトノベル・ライト文芸】

「横浜元町コレクターズ・カフェ」 柳瀬みちる著 KADOKAWA（角川文庫） 2017年3月【ライトノベル・ライト文芸】

「鎌倉香房メモリーズ 5」 阿部暁子著 集英社（集英社オレンジ文庫） 2017年3月【ライトノベル・ライト文芸】

「長崎・オランダ坂の洋館カフェ：シュガーロードと秘密の本」 江本マシメサ著 宝島社（宝島社文庫） 2017年4月【ライトノベル・ライト文芸】

「オーダーは探偵に [9]」 近江泉美著 KADOKAWA（メディアワークス文庫） 2017年5月【ライトノベル・ライト文芸】

「京都の甘味処は神様専用です」 桑野和明著 双葉社（双葉文庫） 2017年5月【ライトノベル・ライト文芸】

「深海カフェ海底二万哩 3」 蒼月海里著 KADOKAWA（角川文庫） 2017年5月【ライトノベル・ライト文芸】

「双子喫茶と悪魔の料理書」 望月唯一著 講談社（講談社ラノベ文庫） 2017年6月【ライトノベル・ライト文芸】

「鎌倉ごちそう迷路」 五嶋りっか著 スターツ出版（スターツ出版文庫） 2017年7月【ライトノベル・ライト文芸】

「尾道茶寮夜咄堂 [2]」 加藤泰幸著 宝島社（宝島社文庫） 2017年7月【ライトノベル・ライト文芸】

「僕の珈琲店には小さな魔法使いが居候している」 手島史詞著 KADOKAWA（ファミ通文庫） 2017年7月【ライトノベル・ライト文芸】

「アリクイのいんぼう：家守とミルクセーキと三文じゃない判」 鳩見すた著 KADOKAWA（メディアワークス文庫） 2017年8月【ライトノベル・ライト文芸】

1 食べもの、料理を作る仕事

「京都伏見のあやかし甘味帖：おねだり狐との町屋暮らし」 柏てん著　宝島社（宝島社文庫） 2017年8月【ライトノベル・ライト文芸】

「夜と会う。：放課後の僕と廃墟の死神」 蒼月海里著　新潮社（新潮文庫） 2017年8月【ライトノベル・ライト文芸】

「寺嫁さんのおもてなし：和カフェであやかし癒やします」 華藤えれな著　KADOKAWA（富士見L文庫） 2017年9月【ライトノベル・ライト文芸】

「おやつカフェでひとやすみ [2]」 瀬王みかる著　集英社（集英社オレンジ文庫） 2017年10月【ライトノベル・ライト文芸】

「京都の甘味処は神様専用です 2」 桑野和明著　双葉社（双葉文庫） 2017年10月【ライトノベル・ライト文芸】

「双子喫茶と悪魔の料理書 2」 望月唯一著　講談社（講談社ラノベ文庫） 2017年11月【ライトノベル・ライト文芸】

「奈良町あやかし万葉茶房」 遠藤遼著　双葉社（双葉文庫） 2017年11月【ライトノベル・ライト文芸】

「内通と破滅と僕の恋人：珈琲店ブラックスノウのサイバー事件簿」 一田和樹著　集英社（集英社文庫） 2017年11月【ライトノベル・ライト文芸】

「アリクイのいんぼう [2]」 鳩見すた著　KADOKAWA（メディアワークス文庫） 2017年12月【ライトノベル・ライト文芸】

「喫茶アデルの癒やしのレシピ」 葵居ゆゆ著　KADOKAWA（富士見L文庫） 2017年12月【ライトノベル・ライト文芸】

「喫茶ルパンで極秘の捜査」 蒼井蘭子著　三交社（スカイハイ文庫） 2018年1月【ライトノベル・ライト文芸】

「夜と会う。 2」 蒼月海里著　新潮社（新潮文庫nex） 2018年2月【ライトノベル・ライト文芸】

「京都伏見のあやかし甘味帖 [2]」 柏てん著　宝島社（宝島社文庫） 2018年3月【ライトノベル・ライト文芸】

「寺嫁さんのおもてなし 2」 華藤えれな著　KADOKAWA（富士見L文庫） 2018年3月【ライトノベル・ライト文芸】

「魔女は月曜日に嘘をつく 3」 太田紫織著　朝日新聞出版（朝日文庫） 2018年3月【ライトノベル・ライト文芸】

「京都の甘味処は神様専用です 3」 桑野和明著　双葉社（双葉文庫） 2018年4月【ライトノベル・ライト文芸】

「オーダーは探偵に [10]」 近江泉美著　KADOKAWA（メディアワークス文庫） 2018年5月【ライトノベル・ライト文芸】

「奈良町あやかし万葉茶房 2」 遠藤遼著　双葉社（双葉文庫） 2018年5月【ライトノベル・ライト文芸】

「海と月の喫茶店」 櫻いいよ著　小学館（小学館文庫キャラブン！） 2018年6月【ライトノ

ベル・ライト文芸】

「咲見庵三姉妹の失恋」 成田名璃子著　新潮社（新潮文庫）　2018年6月【ライトノベル・ライト文芸】

「長崎新地中華街の薬屋カフェ」 江本マシメサ著　小学館（小学館文庫キャラブン!）　2018年7月【ライトノベル・ライト文芸】

「夜鳥夏彦の骨董喫茶」 硝子町玻璃著　一迅社（メゾン文庫）　2018年7月【ライトノベル・ライト文芸】

「アリクイのいんぼう [3]」 鳩見すた著　KADOKAWA（メディアワークス文庫）　2018年8月【ライトノベル・ライト文芸】

「茄子神様とおいしいレシピ：エッグ・プラネット・カフェへようこそ!」 矢凪著　マイナビ出版（ファン文庫）　2018年8月【ライトノベル・ライト文芸】

「神の気まぐれ珈琲店」 青谷真未著　二見書房（二見サラ文庫）　2018年8月【ライトノベル・ライト文芸】

「桃源郷ラビリンス」 岡山ヒロミ著　小学館（小学館文庫キャラブン!）　2018年8月【ライトノベル・ライト文芸】

「寺嫁さんのおもてなし 3」 華藤えれな著　KADOKAWA（富士見L文庫）　2018年9月【ライトノベル・ライト文芸】

「京都の甘味処は神様専用です 4」 桑野和明著　双葉社（双葉文庫）　2018年10月【ライトノベル・ライト文芸】

「京都伏見のあやかし甘味帖 [3]」 柏てん著　宝島社（宝島社文庫）　2018年10月【ライトノベル・ライト文芸】

「京都はんなりカフェ巡り」 柏てん著　一迅社（メゾン文庫）　2018年11月【ライトノベル・ライト文芸】

「深海カフェ海底二万哩 4」 蒼月海里著　KADOKAWA（角川文庫）　2018年12月【ライトノベル・ライト文芸】

「猫まみれの日々：猫小説アンソロジー」 前田珠子著;かたやま和華著;毛利志生子著;水島忍著;秋杜フユ著　集英社（集英社オレンジ文庫）　2018年12月【ライトノベル・ライト文芸】

「ニセモノ夫婦の紅茶店：あなたを迎える幸せの一杯」 神戸遥真著　KADOKAWA（メディアワークス文庫）　2019年2月【ライトノベル・ライト文芸】

「長崎新地中華街の薬屋カフェ [2]」 江本マシメサ著　小学館（小学館文庫. キャラブン!）　2019年2月【ライトノベル・ライト文芸】

「桃源郷ラビリンス [2]」 岡山ヒロミ著　小学館（小学館文庫. キャラブン!）　2019年4月【ライトノベル・ライト文芸】

「夜鳥夏彦の骨董喫茶 2」 硝子町玻璃著　一迅社（メゾン文庫）　2019年5月【ライトノベル・ライト文芸】

「オーダーは探偵に：失われた絆にひとしずくの謎解きを」 近江泉美著　KADOKAWA（メディアワークス文庫）　2019年6月【ライトノベル・ライト文芸】

1 食べもの、料理を作る仕事

「ニセモノ夫婦の紅茶店 [2]」 神戸遥真著 KADOKAWA（メディアワークス文庫） 2019年7月【ライトノベル・ライト文芸】

「拝み屋カフェ巡縁堂」 宇津田晴著 小学館（小学館文庫.キャラブン！） 2019年7月【ライトノベル・ライト文芸】

「週末カフェで猫とハーブティーを」 編乃肌著 スターツ出版（スターツ出版文庫） 2019年8月【ライトノベル・ライト文芸】

「放課後の厨房（チューボー）男子 まかない飯篇」 秋川滝美著 幻冬舎（幻冬舎文庫） 2019年8月【ライトノベル・ライト文芸】

「名前のない喫茶店」 園田樹乃著 一二三書房（一二三文庫） 2019年8月【ライトノベル・ライト文芸】

「アリクイのいんぼう [4]」 鳩見すた著 KADOKAWA（メディアワークス文庫） 2019年9月【ライトノベル・ライト文芸】

「仮そめ夫婦の猫さま喫茶店：なれそめは小倉トーストを添えて」 岐川新著 KADOKAWA（富士見L文庫） 2019年9月【ライトノベル・ライト文芸】

「京都祇園もも吉庵のあまから帖」 志賀内泰弘著 PHP研究所（PHP文芸文庫） 2019年9月【ライトノベル・ライト文芸】

「ハナコトバ喫茶の事件図鑑」 瀬橋ゆか著 双葉社（双葉文庫） 2019年10月【ライトノベル・ライト文芸】

「秘密の花園でお茶を」 安東あや著 ポプラ社（ポプラ文庫ピュアフル） 2019年10月【ライトノベル・ライト文芸】

「ステラ・アルカへようこそ：神戸北野魔法使いの紅茶店」 烏丸紫明著 二見書房（二見サラ文庫） 2020年2月【ライトノベル・ライト文芸】

「スローバラード = Slow ballad」 小路幸也著 実業之日本社（実業之日本社文庫） 2020年2月【ライトノベル・ライト文芸】

「フルーツパーラー『宝石果店』の憂鬱」 江本マシメサ著 新紀元社（ポルタ文庫） 2020年2月【ライトノベル・ライト文芸】

「石垣島であやかしカフェに転職しました」 小椋正雪著 LINE（LINE文庫） 2020年2月【ライトノベル・ライト文芸】

「カフェ古街のウソつきな魔法使い：なくした物語の続き、はじめます」 新樫樹著 集英社（集英社オレンジ文庫） 2020年3月【ライトノベル・ライト文芸】

「神様のまち伊勢で茶屋はじめました」 梨木れいあ著 スターツ出版（スターツ出版文庫） 2020年3月【ライトノベル・ライト文芸】

「杜の都であやかし保護猫カフェ」 湊祥著 宝島社（宝島社文庫） 2020年3月【ライトノベル・ライト文芸】

「難事件カフェ」 似鳥鶏著 光文社（光文社文庫） 2020年4月【ライトノベル・ライト文芸】

「難事件カフェ 2」 似鳥鶏著 光文社（光文社文庫） 2020年5月【ライトノベル・ライト文芸】

「おいしいコーヒーのいれ方 Second Season9」 村山由佳著 集英社（JUMP j BOOKS）2020年6月【ライトノベル・ライト文芸】

「カフェオレはエリクサー＝ CAFÉ AU LAIT IS ELIXIR：喫茶店の常連客が世界を救う。どうやら私は錬金術師らしい」 富士とまと著 ツギクル（ツギクルブックス） 2020年6月【ライトノベル・ライト文芸】

「万葉ブックカフェの顧客録」 山咲黒著 KADOKAWA（富士見L文庫） 2020年6月【ライトノベル・ライト文芸】

「檸檬喫茶のあやかし処方箋（レシピ）」 丸井とまと著 一二三書房（一二三文庫） 2020年6月【ライトノベル・ライト文芸】

「怪談喫茶ニライカナイ」 蒼月海里著 PHP研究所（PHP文芸文庫） 2020年7月【ライトノベル・ライト文芸】

「海辺のカフェで謎解きを：マーフィーの幸せの法則」 悠木シュン著 マイクロマガジン社（ことのは文庫） 2020年7月【ライトノベル・ライト文芸】

「京都祇園もも吉庵のあまから帖 2」 志賀内泰弘著 PHP研究所（PHP文芸文庫） 2020年7月【ライトノベル・ライト文芸】

「金沢あまやどり茶房：雨降る街で、会いたい人と不思議なひと時」 編乃肌著 アルファポリス（アルファポリス文庫） 2020年7月【ライトノベル・ライト文芸】

「千駄木ねこ茶房の文豪ごはん：二人でつくる幸せのシュガートースト」 山本風碧著 KADOKAWA（富士見L文庫） 2020年9月【ライトノベル・ライト文芸】

「札幌夜パフェ「紅うさぎ」の裏メニュー」 浅水ハヅキ著 小学館（小学館文庫.キャラブン!）2020年10月【ライトノベル・ライト文芸】

「小樽おやすみ処カフェ・オリエンタル：召しませ刺激的な恋の味」 田丸久深著 二見書房（二見サラ文庫） 2020年10月【ライトノベル・ライト文芸】

「カフェであった泣ける話：涙の味はビターブレンド：感動して泣ける12編の短編集」 朝比奈歩著;浅海ユウ著;石田空著;神野オキナ著;桔梗楓著;澤ノ倉クナリ著;霜月りつ著;那識あきら著;鳴海澪著;浜野稚子著;水城正太郎著;南潔著;ファン文庫Tears編 マイナビ出版（ファン文庫TearS） 2020年11月【ライトノベル・ライト文芸】

「京都桜小径の喫茶店：神様のお願い叶えます」 卯月みか著 一二三書房（一二三文庫）2020年12月【ライトノベル・ライト文芸】

「猫目堂：心をつなぐ喫茶店」 水名月けい著 文芸社（文芸社文庫NEO） 2021年1月【ライトノベル・ライト文芸】

「チェス喫茶フィアンケットの迷局集」 中村あき 著 双葉社（双葉文庫） 2021年3月【ライトノベル・ライト文芸】

「京都祇園もも吉庵のあまから帖 3」 志賀内泰弘 著 PHP研究所（PHP文芸文庫） 2021年3月【ライトノベル・ライト文芸】

「占い日本茶カフェ「迷い猫」」 標野凪 著 PHP研究所（PHP文芸文庫） 2021年3月【ライトノベル・ライト文芸】

1 食べもの、料理を作る仕事

「科学喫茶と夏の空蝉」 福岡辰弥著　KADOKAWA（富士見L文庫）　2021年4月【ライトノベル・ライト文芸】

「海辺のカフェで謎解きを [2]」 悠木シュン著　マイクロマガジン社（ことのは文庫）2021年4月【ライトノベル・ライト文芸】

「恋文やしろのお猫様：神社カフェ桜見席のあやかしさん」 織部ソマリ著　アルファポリス（アルファポリス文庫）　2021年4月【ライトノベル・ライト文芸】

「江ノ島お忘れ処OHANA：最期の夏を島カフェで」 遠坂カナレ著　マイクロマガジン社（ことのは文庫）　2021年5月【ライトノベル・ライト文芸】

「オーダーは探偵に [12]」 近江泉美著　KADOKAWA（メディアワークス文庫）　2021年7月【ライトノベル・ライト文芸】

「怪談喫茶ニライカナイ [2]」 蒼月海里著　PHP研究所（PHP文芸文庫）　2021年7月【ライトノベル・ライト文芸】

「オーダーは探偵に [13]」 近江泉美著　KADOKAWA（メディアワークス文庫）　2021年8月【ライトノベル・ライト文芸】

「京都祇園もも吉庵のあまから帖 4」 志賀内泰弘著　PHP研究所（PHP文芸文庫）　2021年9月【ライトノベル・ライト文芸】

「千駄木ねこ茶房の文豪ごはん 2」 山本風碧著　KADOKAWA（富士見L文庫）　2021年11月【ライトノベル・ライト文芸】

「あやかし薬膳カフェ「おおかみ」」 森原すみれ著　アルファポリス（アルファポリス文庫）2021年12月【ライトノベル・ライト文芸】

杜氏、酒蔵

日本酒を作る専門家で、お米からお酒を作る「酒蔵」で働いています。杜氏は、お米を蒸して発酵させる技術を使い、質の良いおいしい日本酒を作ります。杜氏の仕事には、長い経験と知識が必要で、温度や湿度を細かく管理し、発酵の進み具合を見ながら、何カ月もかけてお酒を仕上げます。杜氏は、日本の伝統的な技術と文化を守る大切な仕事で、海外でも評価されています。

▶お仕事について詳しく知るには

「職場体験完全ガイド 23　ポプラ社　2011年3月【学習支援本】

▶お仕事の様子をお話で読むには

「京都はんなり、かりそめ婚：洛中で新酒をめしあがれ」華藤えれな著 ポプラ社（ポプラ文庫ピュアフル）2020年7月【ライトノベル・ライト文芸】

「京都はんなり、かりそめ婚 [2]」　華藤えれな著　ポプラ社（ポプラ文庫ピュアフル）2021年7月【ライトノベル・ライト文芸】

「京都伏見は水神さまのいたはるところ」相川真著 集英社（集英社オレンジ文庫）2018年9月【ライトノベル・ライト文芸】

「京都伏見は水神さまのいたはるところ [2]」相川真著 集英社（集英社オレンジ文庫）2019年3月【ライトノベル・ライト文芸】

「京都伏見は水神さまのいたはるところ [3]」相川真著 集英社（集英社オレンジ文庫）2019年9月【ライトノベル・ライト文芸】

「京都伏見は水神さまのいたはるところ [4]」相川真著 集英社（集英社オレンジ文庫）2020年1月【ライトノベル・ライト文芸】

「京都伏見は水神さまのいたはるところ [5]」相川真著 集英社（集英社オレンジ文庫）2020年5月【ライトノベル・ライト文芸】

「京都伏見は水神さまのいたはるところ [6]」相川真著 集英社（集英社オレンジ文庫）2021年1月【ライトノベル・ライト文芸】

1 食べもの、料理を作る仕事

> 「京都伏見は水神さまのいたはるところ [7]」　相川真著　集英社（集英社オレンジ文庫）
> 2021年10月【ライトノベル・ライト文芸】

食品工業

私たちが毎日食べている食べものを安全においしく作る仕事です。食品工場では、お菓子やパン、ジュース、冷凍食品などが大量に作られます。工場で働く人たちは、材料を混ぜたり、形を作ったり、包装したりする機械を使って食品を作ります。食品が安全に作られているかチェックしたり、品質を管理したりすることも大切です。食品工業の仕事では、私たちがいつでも安心して食べられる食品を作るために、技術と工夫が求められます。

▶お仕事について詳しく知るには

「チョコレートがおいしいわけ」　はんだのどか作　アリス館　2010年2月【学習支援本】

「食肉にかかわる仕事：畜産従事者 食肉センタースタッフ ハム・ソーセージ加工スタッフ：マンガー知りたい!なりたい!職業ガイド」　ヴィットインターナショナル企画室編　ほるぷ出版　2010年2月【学習支援本】

「パンの大研究：世界中で食べられている!：種類・作り方から歴史まで」　竹野豊子監修　PHP研究所　2010年4月【学習支援本】

「ぎゅうにゅうだいへんしん!―しぜんにタッチ!　ひさかたチャイルド　2010年10月【学習支援本】

「知ってびっくり!もののはじまり物語」　汐見稔幸監修　学研教育出版　2010年10月【学習支援本】

「小さくても大きな日本の会社力 3 (調べよう!ものづくりにこだわる会社)」　こどもくらぶ編;坂本光司監修　同友館　2010年12月【学習支援本】

「冷凍食品のひみつ─学研まんがでよくわかるシリーズ；58」 おぎのひとし漫画;オフィス・イディオム構成 学研パブリッシングコミュニケーションビジネス事業室 2011年3月【学習支援本】

「さくさくぱんだ：はじめまして、ぼく、さくぱん！」 カバヤ食品株式会社監修;さくぱんブック制作委員会作・絵 岩崎書店 2011年5月【学習支援本】

「ヒット商品研究所へようこそ！：「ガリガリ君」「瞬足」「青い鳥文庫」はこうして作られる─世の中への扉」 こうやまのりお著 講談社 2011年7月【学習支援本】

「ガリガリ君工場見学 = GariGarikun Ice Factory Tour! : アイスキャンディができるまで」 高橋俊之イラスト;ガリガリ君プロダクション監修 汐文社 2012年3月【学習支援本】

「めんのひみつ─学研まんがでよくわかるシリーズ；67」 吉野恵美子漫画;オフィス・イディオム構成 学研パブリッシングコミュニケーションビジネス事業室 2012年4月【学習支援本】

「探検！ものづくりと仕事人 マヨネーズ・ケチャップ・しょうゆ」 山中伊知郎著 ぺりかん社 2012年8月【学習支援本】

「見てみよう！挑戦してみよう！社会科見学・体験学習 2（工場・テレビ局・金融機関）」 国土社編集部編 国土社 2013年2月【学習支援本】

「社会科見学に役立つわたしたちのくらしとまちのしごと場 2」 ニシ工芸児童教育研究所編 金の星社 2013年2月【学習支援本】

「すがたをかえるたべものしゃしんえほん 1（とうふができるまで）」 宮崎祥子構成・文;白松清之写真 岩崎書店 2013年11月【学習支援本】

「探検！ものづくりと仕事人 :「これが好き！」と思ったら、読む本 チョコレート菓子・ポテトチップス・アイス」 戸田恭子著 ぺりかん社 2013年11月【学習支援本】

「すがたをかえるたべものしゃしんえほん 2（みそができるまで）」 宮崎祥子構成・文;白松清之写真 岩崎書店 2013年12月【学習支援本】

「ひろくんとオバケとはっちょうみそ」 すずきあきこ作;ひびたかあき絵;丸山智美監修 三恵社 2014年1月【学習支援本】

「ぷるぷるやわらか！とうふ 第2版─どうやってできるの？：ものづくり絵本シリーズ；10」 中島妙ぶん;さくまようこえ;日本豆腐協会監修 チャイルド本社 2014年1月【学習支援本】

「キッコーマン─見学！日本の大企業」 こどもくらぶ編さん ほるぷ出版 2014年2月【学習支援本】

「すがたをかえるたべものしゃしんえほん 3（かまぼこができるまで）」 宮崎祥子構成・文;白松清之写真 岩崎書店 2014年2月【学習支援本】

「企業内職人図鑑：私たちがつくっています。3（食の周辺で）」 こどもくらぶ編 同友館 2014年2月【学習支援本】

「職場体験学習に行ってきました。：中学生が本物の「仕事」をやってみた！4」 全国中学校進路指導連絡協議会監修 学研教育出版 2014年2月【学習支援本】

「すがたをかえるたべものしゃしんえほん 4（チーズができるまで）」 宮崎祥子構成・文;白

1 食べもの、料理を作る仕事

松清之写真　岩崎書店　2014年3月【学習支援本】

「すがたをかえるたべものしゃしんえほん 5（パンができるまで）」　宮崎祥子構成・文;白松清之写真　岩崎書店　2014年3月【学習支援本】

「ビジュアル・日本の製品シェア図鑑 4」　こどもくらぶ編　WAVE出版　2014年3月【学習支援本】

「世界にほこる日本の町工場：メイド・イン・ジャパン 4（食の安心をささえる町工場）」　日本の町工場シリーズ編集委員会著　文溪堂　2014年3月【学習支援本】

「データと地図で見る日本の産業 5」　日本貿易会監修　ポプラ社　2014年4月【学習支援本】

「ひろくんとオバケとはっちょうみそ―食育シリーズ」　すずきあきこ作;ひびたかあき絵;丸山智美監修　三恵社　2014年4月【学習支援本】

「キャリア教育支援ガイドお仕事ナビ. 1」　お仕事ナビ編集室 著　理論社　2014年8月【学習支援本】

「メイドインどこ？ 1（食べものと飲みもの）」　斉藤道子編・著　大月書店　2014年9月【学習支援本】

「すがたをかえるたべものしゃしんえほん 6（しょうゆができるまで）」　宮崎祥子構成・文;白松清之写真　岩崎書店　2014年11月【学習支援本】

「すがたをかえるたべものしゃしんえほん 7（お茶ができるまで）」　宮崎祥子構成・文;白松清之写真　岩崎書店　2014年11月【学習支援本】

「明治―見学!日本の大企業」　こどもくらぶ編さん　ほるぷ出版　2014年12月【学習支援本】

「こうじょうたんけん たべもの編」　藤原徹司著　WAVE出版　2015年1月【学習支援本】

「すがたをかえるたべものしゃしんえほん 8（ソーセージができるまで）」　宮崎祥子構成・文;白松清之写真　岩崎書店　2015年1月【学習支援本】

「すがたをかえるたべものしゃしんえほん 10（チョコレートができるまで）」　宮崎祥子構成・文;白松清之写真　岩崎書店　2015年1月【学習支援本】

「チャとともに：茶農家村松二六―農家になろう；7」　瀬戸山玄写真　農山漁村文化協会　2015年1月【学習支援本】

「イラストと地図からみつける!日本の産業・自然 第3巻（自動車工業・鉄鋼業・化学工業・食品工業）」　青山邦彦絵　帝国書院　2015年2月【学習支援本】

「企業内職人図鑑：私たちがつくっています。 6（伝統食品）」　こどもくらぶ編　同友館　2015年2月【学習支援本】

「すがたをかえるたべものしゃしんえほん 9（こんにゃくができるまで）」　宮崎祥子構成・文;白松清之写真　岩崎書店　2015年3月【学習支援本】

「グラノーラ・コーンフレークのひみつ―学研まんがでよくわかるシリーズ；103」　山口育孝漫画;YHB編集企画構成　学研パブリッシング グローバルCB事業室　2015年6月【学習支援本】

「工場で働く人たち：しごとの現場としくみがわかる!―しごと場見学!」　松井大助著　ぺり

かん社　2015年7月【学習支援本】

「こうじょうたんけん たべもの編2」　藤原徹司著　WAVE出版　2016年2月【学習支援本】

「職場体験学習に行ってきました。：中学生が本物の「仕事」をやってみた! 11」　全国中学校進路指導・キャリア教育連絡協議会監修　学研プラス　2016年2月【学習支援本】

「ビタミン剤のひみつ―学研まんがでよくわかるシリーズ；112」　望月恭子構成；おぎのひとし漫画　学研プラス出版コミュニケーション事業室　2016年3月【学習支援本】

「まちのしごとば大研究 2」　まちのしごとば取材班編　岩崎書店　2016年3月【学習支援本】

「見たい!知りたい!たくさんの仕事 3」　こどもくらぶ編　WAVE出版　2016年3月【学習支援本】

「讃岐うどんのひみつ―学研まんがでよくわかるシリーズ；119」　山口育孝漫画；入澤宣幸構成　学研プラス出版プラス事業部出版コミュニケーション室　2016年7月【学習支援本】

「ケーキデザイナー ＝ Cake Designer：時代をつくるデザイナーになりたい!!―Rikuyosha Children ＆ YA Books」　スタジオ248編著　六耀社　2016年11月【学習支援本】

「すがたをかえるたべものしゃしんえほん 12（かつおぶしができるまで）」　宮崎祥子構成・文；白松清之写真　岩崎書店　2016年11月【学習支援本】

「すがたをかえるたべものしゃしんえほん 11（なっとうができるまで）」　宮崎祥子構成・文；白松清之写真　岩崎書店　2016年12月【学習支援本】

「行ってみよう!発酵食品工場―食べものが大へんしん!発酵のひみつ」　中居惠子著；小泉武夫監修　ほるぷ出版　2016年12月【学習支援本】

「すがたをかえるたべものしゃしんえほん 15（お麸ができるまで）」　宮崎祥子構成・文；白松清之写真　岩崎書店　2017年1月【学習支援本】

「その町工場から世界へ：世界の人々の生活に役立つ日本製品―世界のあちこちでニッポン」　『その町工場から世界へ』編集室編　理論社　2017年1月【学習支援本】

「企業内職人図鑑：私たちがつくっています。 11」　こどもくらぶ編　同友館　2017年1月【学習支援本】

「大接近!工場見学 1」　高山リョウ構成・文　岩崎書店　2017年2月【学習支援本】

「すがたをかえるたべものしゃしんえほん 13（塩ができるまで）」　宮崎祥子構成・文；白松清之写真　岩崎書店　2017年3月【学習支援本】

「すがたをかえるたべものしゃしんえほん 14（油ができるまで）」　宮崎祥子構成・文；白松清之写真　岩崎書店　2017年3月【学習支援本】

「どきどきわくわくまちたんけん [3]」　若手三喜雄監修　金の星社　2017年3月【学習支援本】

「甘くてかわいいお菓子の仕事：自分流・夢の叶え方―14歳の世渡り術」　KUNIKA著　河出書房新社　2017年3月【学習支援本】

「キャリア教育に活きる!仕事ファイル：センパイに聞く 5」　小峰書店編集部編著　小峰書店　2017年4月【学習支援本】

1 食べもの、料理を作る仕事

「ごみゼロ大作戦！：めざせ！Rの達人 2」 浅利美鈴監修　ポプラ社　2017年4月【学習支援本】

「調べる！47都道府県：生産と消費で見る日本 2017年改訂版」 こどもくらぶ編　同友館　2017年8月【学習支援本】

「お好み焼のひみつ―学研まんがでよくわかるシリーズ；130」 望月恭子構成；たまだまさお漫画　学研プラスメディアビジネス部コンテンツ営業室　2017年9月【学習支援本】

「ニッポンの肉食：マタギから食肉処理施設まで」 田中康弘著　筑摩書房（ちくまプリマー新書）　2017年12月【学習支援本】

「フリーズドライのひみつ―学研まんがでよくわかるシリーズ；132」 山口育孝漫画；YHB編集企画構成　学研プラス次世代教育創造事業部学びソリューション事業室　2017年12月【学習支援本】

「未来のお仕事入門 = MANGA FUTURE CAREER PRIMER―学研まんが入門シリーズミニ」 東園子 まんが　学研プラス　2018年8月【学習支援本】

「ガムのひみつ 新版―学研まんがでよくわかるシリーズ；147」 マンガデザイナーズラボまんが；スリーシーズン構成　学研プラス　2019年2月【学習支援本】

「ふりかけのひみつ―学研まんがでよくわかるシリーズ；148」 山口育孝まんが；望月恭子構成　学研プラス　2019年2月【学習支援本】

「サイダーのひみつ 新版―学研まんがでよくわかるシリーズ；158」 海野そら太まんが；ウェルテ構成　学研プラス　2019年3月【学習支援本】

「チョコレートのひみつ 新版―学研まんがでよくわかるシリーズ；151」 春野まことまんが；ウェルテ構成　学研プラス　2019年3月【学習支援本】

「牛乳のひみつ―学研まんがでよくわかるシリーズ；154」 深草あざみまんが；YHB編集企画構成　学研プラス　2019年3月【学習支援本】

「乳酸菌のひみつ 新版―学研まんがでよくわかるシリーズ；160」 おだぎみおまんが；望月恭子構成　学研プラス　2019年6月【学習支援本】

「職場体験完全ガイド 66　ポプラ社　2020年4月【学習支援本】

「知ろう！減らそう！食品ロス 2」 小林富雄監修　小峰書店　2020年4月【学習支援本】

「今日からなくそう！食品ロス：わたしたちにできること 1」 上村協子監修；幸運社編　汐文社　2020年8月【学習支援本】

アイスクリーム製造、アイスクリームショップ

みんなが大好きなアイスクリームを作ったり、販売したりする仕事です。アイスクリーム製造の仕事では、新鮮な牛乳やフルーツ、砂糖などの材料を使います。そして、工場で大きな機械を使ってなめらかでおいしいアイスクリームをたくさん作り、カップやコーンに詰めます。アイスクリームショップでは、注文に合わせてトッピングなども楽しめるよう工夫して、お客様に提供します。アイスクリームを通じて、お客様に笑顔と幸せを届ける仕事です。

▶お仕事について詳しく知るには

「アイスクリームのひみつ—学研まんがでよくわかるシリーズ;87」　宮原美香漫画;オフィス・イディオム構成　学研パブリッシングコミュニケーションビジネス事業室　2013年6月【学習支援本】

▶お仕事の様子をお話で読むには

「ノラネコぐんだんアイスのくに:フィギュア付きミニ絵本—コドモエのえほん」　工藤ノリコ著　白泉社　2021年3月【絵本】

「シロクマさんのアイスクリームやさんシールえほん—講談社のアルバムシリーズ」　おおでゆかこイラスト　講談社　2021年6月【絵本】

「くものうえのアイスクリームやさん」　植村真子作・絵　ニコモ　2021年8月【絵本】

1 食べもの、料理を作る仕事

料亭、割烹

日本の伝統的な料理を提供する、特別なお店です。ここで働く料理人は、お客様に季節の食材を使った美しい料理を作ります。料亭は、お客様が個室でゆっくりと食事を楽しむ場所で、料理だけでなく、おもてなしの心も大切にしています。割烹では、カウンター席で料理人が目の前で料理を作り、お客様と会話しながら料理を楽しむことができます。どちらのお店も、高い技術とお客様への心づかいが必要で、日本の食文化を伝える大切な役割を持っています。

▶お仕事の様子をお話で読むには

「京都あやかし料亭のまかない御飯」 浅海ユウ著　スターツ出版（スターツ出版文庫）2018年4月【ライトノベル・ライト文芸】

「京の花嫁：嵐山あやかし料亭の若女将」 秋良知佐著　KADOKAWA（富士見L文庫）2019年4月【ライトノベル・ライト文芸】

「京都下鴨なぞとき写真帖2」 柏井壽著　PHP研究所（PHP文芸文庫）　2019年5月【ライトノベル・ライト文芸】

「神楽坂つきみ茶屋：禁断の盃と絶品江戸レシピ」 斎藤千輪 著　講談社（講談社文庫）2021年1月【ライトノベル・ライト文芸】

「神楽坂つきみ茶屋2」 斎藤千輪 著　講談社（講談社文庫）　2021年5月【ライトノベル・ライト文芸】

「神楽坂つきみ茶屋3」 斎藤千輪著　講談社（講談社文庫）　2021年10月【ライトノベル・ライト文芸】

居酒屋、バー

お酒や食べものを提供するお店です。そこで働く人たちは、ビールやカクテルなどのお酒を作ったり、おつまみや料理を用意したりします。お客様がリラックスして楽しい時間を過ごせるよう、ていねいなサービスを心がけます。居酒屋は、友達や家族と一緒に食事やお酒を楽しめる場所で、バーはお酒を中心に楽しむ場所です。お客様の好みに合わせた飲みものを作ったり、料理を提供したりすることで、お客様が楽しい時間を過ごせるようサポートする大切なお店です。

▶ お仕事の様子をお話で読むには

「阿佐ケ谷ラプソディ」 又井健太著　角川春樹事務所（ハルキ文庫）　2013年1月【ライトノベル・ライト文芸】

「マジックバーでは謎解きを：麻耶新二と優しい嘘」 光野鈴著　KADOKAWA（メディアワークス文庫）　2014年2月【ライトノベル・ライト文芸】

「ラストオーダー：そのバーには、なくした想い出が訪れる」 真堂樹著　集英社（集英社オレンジ文庫）　2015年12月【ライトノベル・ライト文芸】

「日本酒BAR「四季」春夏冬(あきない)中：さくら薫る折々の酒」 つるみ犬丸著　KADOKAWA（メディアワークス文庫）　2016年4月【ライトノベル・ライト文芸】

「カミサマ探偵のおしながき」 佐原菜月著　KADOKAWA（メディアワークス文庫）　2016年8月【ライトノベル・ライト文芸】

「日本酒BAR「四季」春夏冬(あきない)中 [2]」 つるみ犬丸著　KADOKAWA（メディアワークス文庫）　2016年9月【ライトノベル・ライト文芸】

「カミサマ探偵のおしながき 2の膳」 佐原菜月著　KADOKAWA（メディアワークス文庫）　2017年6月【ライトノベル・ライト文芸】

「居酒屋ぼったくり1」 秋川滝美著　アルファポリス（アルファポリス文庫）　2018年3月【ライトノベル・ライト文芸】

「居酒屋ぼったくり2」 秋川滝美著　アルファポリス（アルファポリス文庫）　2018年5月【ライトノベル・ライト文芸】

1 食べもの、料理を作る仕事

「居酒屋ぼったくり 3」 秋川滝美著 アルファポリス（アルファポリス文庫） 2018年7月
【ライトノベル・ライト文芸】

「二宮繁盛記」 谷崎泉著 二見書房（二見サラ文庫） 2018年8月【ライトノベル・ライト文芸】

「ひとり飲みの女神様」 五十嵐雄策著 一迅社（メゾン文庫） 2018年10月【ライトノベル・
ライト文芸】

「居酒屋ぼったくり 4」 秋川滝美著 アルファポリス（アルファポリス文庫） 2018年10月
【ライトノベル・ライト文芸】

「居酒屋ぼったくり 5」 秋川滝美著 アルファポリス（アルファポリス文庫） 2018年12月
【ライトノベル・ライト文芸】

「占い居酒屋べんてん：看板娘の開運調査」 おかざき登著 実業之日本社（実業之日本社文
庫） 2019年2月【ライトノベル・ライト文芸】

「美酒処ほろよい亭：日本酒小説アンソロジー」 前田珠子著;桑原水菜著;響野夏菜著;山本瑤
著;丸木文華著;相川真著 集英社（集英社オレンジ文庫） 2019年2月【ライトノベル・ライ
ト文芸】

「居酒屋ぼったくり 6」 秋川滝美著 アルファポリス（アルファポリス文庫） 2019年4月
【ライトノベル・ライト文芸】

「居酒屋ぼったくり 7」 秋川滝美著 アルファポリス（アルファポリス文庫） 2019年5月
【ライトノベル・ライト文芸】

「二宮繁盛記 2」 谷崎泉著 二見書房（二見サラ文庫） 2019年6月【ライトノベル・ライト
文芸】

「ひとり飲みの女神様 2杯目」 五十嵐雄策著 一迅社（メゾン文庫） 2019年7月【ライトノ
ベル・ライト文芸】

「二宮繁盛記 3」 谷崎泉著 二見書房（二見サラ文庫） 2019年10月【ライトノベル・ライ
ト文芸】

「居酒屋ぼったくり 8」 秋川滝美著 アルファポリス（アルファポリス文庫） 2019年12月
【ライトノベル・ライト文芸】

「居酒屋ぼったくり 9」 秋川滝美著 アルファポリス（アルファポリス文庫） 2020年2月
【ライトノベル・ライト文芸】

「二宮繁盛記 4」 谷崎泉著 二見書房（二見サラ文庫） 2020年4月【ライトノベル・ライト
文芸】

「居酒屋ぼったくり 10」 秋川滝美著 アルファポリス（アルファポリス文庫） 2020年6月
【ライトノベル・ライト文芸】

「居酒屋ぼったくり 11」 秋川滝美著 アルファポリス（アルファポリス文庫） 2020年8月
【ライトノベル・ライト文芸】

「真夜中のペンギン・バー」 横田アサヒ著 KADOKAWA（富士見L文庫） 2020年8月【ラ
イトノベル・ライト文芸】

「居酒屋ぼったくり おかわり!」 秋川滝美著 アルファポリス（アルファポリス文庫）

2020年11月【ライトノベル・ライト文芸】
「ようこそ赤羽へ真面目なバーテンダーとヤンチャ店主の角打ちカクテル」 美月りん著 二見書房(二見サラ文庫) 2021年2月【ライトノベル・ライト文芸】
「居酒屋ぼったくり おかわり!2」 秋川滝美著 アルファポリス 2021年3月【ライトノベル・ライト文芸】
「柊先生の小さなキッチン [2]」 髙森美由紀著 集英社(集英社オレンジ文庫) 2021年9月【ライトノベル・ライト文芸】

屋台、キッチンカー

移動しながら食べものを提供するお店です。お祭りやイベント、街角などで見かけることが多く、焼きそば、たこ焼き、クレープ、ハンバーガーなど、いろいろな料理を作ります。天気や場所に合わせてお店を移動できるのが特徴で、屋台やキッチンカーで働く人たちは、小さなスペースで素早く料理を作り、お客様に提供します。お客様との会話を楽しみながら、手軽でおいしい食事を提供するために、工夫したりアイデアを出したりすることも大切です。

▶お仕事について詳しく知るには

「10ぴきこぶたのおまつり―チャイルドブックアップル傑作選；vol.15-7」 たちばなさきこ さく・え チャイルド本社 2017年10月【絵本】
「デンキ：科學処やなぎや」 鶴田謙二著 復刊ドットコム 2017年10月【絵本】

1 食べもの，料理を作る仕事

「やたいのおやつ―たんぽぽえほんシリーズ」 ふじもとのりこ作・絵 鈴木出版 2020年4月【絵本】

「しっぽや」 ななもりさちこ作;大島妙子絵 こぐま社 2021年11月【絵本】

「らっしゃい!」 松本梨江文;えもときよひこ絵 石風社 2011年8月【児童文学】

「ちいさなやたいのカステラやさん―おはなしだいすき」 堀直子作;神山ますみ絵 小峰書店 2013年5月【児童文学】

「ゆうえんちのわたあめちゃん―四つの人形のお話;2」 ルーマー・ゴッデン作;プルーデンス・ソワードさし絵;久慈美貴訳 徳間書店 2018年8月【児童文学】

「魔女ののろいアメ―とっておきのどうわ」 草野あきこ作;ひがしちから絵 PHP研究所 2018年10月【児童文学】

「チーム怪盗JET [3]」 一ノ瀬三葉作;うさぎ恵美絵 集英社（集英社みらい文庫） 2019年11月【児童文学】

「あやかし飴屋の神隠し」 紅玉いづき著 KADOKAWA（メディアワークス文庫） 2014年7月【ライトノベル・ライト文芸】

「あやかし屋台なごみ亭：金曜の夜は不思議な宴」 篠宮あすか著 双葉社（双葉文庫） 2016年11月【ライトノベル・ライト文芸】

「東京バルがゆく：会社をやめて相棒と店やってます」 似鳥航一著 KADOKAWA（メディアワークス文庫） 2016年11月【ライトノベル・ライト文芸】

「路地裏のほたる食堂」 大沼紀子著 講談社（講談社タイガ） 2016年11月【ライトノベル・ライト文芸】

「あやかし屋台なごみ亭 2」 篠宮あすか著 双葉社(双葉文庫) 2017年3月【ライトノベル・ライト文芸】

「女神めし」 原宏一著 祥伝社(祥伝社文庫) 2017年5月【ライトノベル・ライト文芸】

「あやかし屋台なごみ亭 4」 篠宮あすか著 双葉社(双葉文庫) 2018年1月【ライトノベル・ライト文芸】

「路地裏のほたる食堂 [2]」 大沼紀子著 講談社（講談社タイガ） 2018年1月【ライトノベル・ライト文芸】

「キッチンカー鎌倉、推して参る：再出発のバインミー」 和泉桂著 KADOKAWA（富士見L文庫） 2019年4月【ライトノベル・ライト文芸】

「路地裏のほたる食堂 [3]」 大沼紀子著 講談社（講談社タイガ） 2019年6月【ライトノベル・ライト文芸】

「キッチンカー『デリ・ジョイ』：車窓から異世界へ美味いもの密輸販売中!」 りいん著 TOブックス 2019年7月【ライトノベル・ライト文芸】

「屋上屋台しのぶ亭：秘密という名のスパイスを添えて」 神凪唐州著 マイナビ出版（ファン文庫） 2020年7月【ライトノベル・ライト文芸】

「祭りの夜空にテンバリ上げて」 一原みう著 集英社（集英社オレンジ文庫） 2021年3月【ライトノベル・ライト文芸】

その他食べもののお店

▶お仕事について詳しく知るには

「回転寿司のひみつ―学研まんがでよくわかるシリーズ；82」 望月恭子構成;斎藤友佳子作・文;たまだまさお漫画　学研パブリッシングコミュニケーションビジネス事業室　2013年3月【学習支援本】

「お米のこれからを考える 2」 「お米のこれからを考える」編集室著　理論社　2018年10月【学習支援本】

「名人はっけん!まちたんけん 1」 鎌田和宏監修　学研プラス　2019年2月【学習支援本】

「情報を活かして発展する産業：社会を変えるプログラミング [1]」 澤井陽介監修　汐文社　2019年11月【学習支援本】

▶お仕事の様子をお話で読むには

「まんなかのはらのおべんとうや」 やすいすえこ作;重森千佳絵　フレーベル館　2015年2月【絵本】

「あとでって、いつ?―わたしのえほん」 宮野聡子作・絵　PHP研究所　2015年10月【絵本】

「もりもり森のネコロッケ」 あさのあつこおはなし;やすとみたかゆきえ　KADOKAWA　2015年11月【絵本】

「タコめし―MOEのえほん」 つきおかようた著　白泉社　2017年7月【絵本】

「たねっぽのおはなし：まんなかのはらのおべんとうや」 やすいすえこ作;重森千佳絵　フレーベル館　2017年9月【絵本】

「しろくまきょうだいのおべんとうやさん―コドモエのえほん」 sericoえ;たきのみわこぶん　白泉社　2020年9月【絵本】

「くまくまくんはピザやさん：しかけがいっぱいうごかしてみて!」 ベンジー・デイヴィス作　BL出版　2021年9月【絵本】

「うさぎタウンのおむすびやさん―わくわくライブラリー」 小手鞠るいさく;松倉香子え　講談社　2021年4月【児童文学】

「うさぎのマリーのフルーツパーラー [2]―わくわくライブラリー」 小手鞠るいさく;永田萌え　講談社　2021年9月【児童文学】

「TOKYO GIRL'S LIFE：絶対に失恋しない唯一の方法」 菱田愛日著　アスキー・メディアワークス（メディアワークス文庫）　2012年7月【ライトノベル・ライト文芸】

「TOKYO GIRL'S LIFE 2（絶対に後悔しない夢の諦めかた）」 菱田愛日著　アスキー・メディアワークス（メディアワークス文庫）　2013年2月【ライトノベル・ライト文芸】

「BAR（バール）追分」 伊吹有喜著　角川春樹事務所（ハルキ文庫）　2015年7月【ライトノベル・ライト文芸】

1 食べもの、料理を作る仕事

「ちどり亭によようこそ = Welcome to Chidori-tei : 京都の小さなお弁当屋さん」　十三湊著
KADOKAWA（メディアワークス文庫）　2016年7月【ライトノベル・ライト文芸】

「ちどり亭によようこそ = Welcome to Chidori-tei 2」　十三湊著　KADOKAWA（メディア
ワークス文庫）　2017年4月【ライトノベル・ライト文芸】

「弁当屋さんのおもてなし : ほかほかごはんと北海鮭かま」　喜多みどり著
KADOKAWA（角川文庫）　2017年5月【ライトノベル・ライト文芸】

「お弁当代行屋さんの届けもの」　妃川螢著　KADOKAWA（富士見L文庫）　2017年9月【ラ
イトノベル・ライト文芸】

「弁当屋さんのおもてなし [2]」　喜多みどり著　KADOKAWA（角川文庫）　2017年10月【ラ
イトノベル・ライト文芸】

「弁当屋さんのおもてなし [3]」喜多みどり著 KADOKAWA（角川文庫）2018年5月【ライト
ノベル・ライト文芸】

「弁当屋さんのおもてなし [4]」　喜多みどり著　KADOKAWA（角川文庫）　2018年11月【ラ
イトノベル・ライト文芸】

「明日の私の見つけ方」　長月天音 著　角川春樹事務所（ハルキ文庫）　2021年4月【ライト
ノベル・ライト文芸】

「あなたとなら食べてもいい : 食のある7つの風景」　千早茜著;遠藤彩見著;田中兆子著;神田
茜著;深沢潮著;柚木麻子著;町田そのこ著　新潮社（新潮文庫. nex）　2021年11月【ライトノ
ベル・ライト文芸】

2

食べもの、料理にかかわる仕事

2 食べもの、料理にかかわる仕事

栄養士、管理栄養士

食べものを通じて、人々が健康になるようにサポートする専門家です。学校や病院、保育園などで働き、体に必要な栄養素を考えて食材を決め、バランスの良い食事を計画して作ります。また、病気の人や成長期の子どもたちなど、それぞれに合った食事を作ることも大切な仕事です。そうしてみんなの健康を守るために、栄養に関する知識を学んでいます。

▶お仕事について詳しく知るには

「調べてまとめる!仕事のくふう 2」　岡田博元監修　ポプラ社　2020年4月【学習支援本】

▶お仕事の様子をお話で読むには

「がんばれ給食委員長―スプラッシュ・ストーリーズ；34」　中松まるは作;石山さやか絵　あかね書房　2018年11月【児童文学】

「給食のおにいさん」　遠藤彩見著　幻冬舎(幻冬舎文庫)　2013年10月【ライトノベル・ライト文芸】

「おいしい診療所の魔法の処方箋(レシピ) 2」　藤山素心 著　双葉社（双葉文庫）　2021年4月【ライトノベル・ライト文芸】

料理研究家

新しい料理のレシピを考えたり、料理をもっとおいしくする方法を研究する専門家です。テレビや雑誌、本などでレシピを紹介したり、料理教室を開いたりして、たくさんの人に料理の楽しさを伝えています。いろいろな食材や調味料を使って、簡単に作れる料理や健康的な食事を提案することも大切です。また、季節に合った料理や、お祝いごとの特別な料理など、さまざまなアイデアを出して、家庭でも作りやすいレシピを考えます。

▶ お仕事について詳しく知るには

「料理旅行スポーツのしごと：人気の職業早わかり!」 PHP研究所編 PHP研究所 2010年10月【学習支援本】

「密着!お仕事24時 1」 高山リョウ構成・文 岩崎書店 2019年1月【学習支援本】

「みらいおにぎり」 桧山タミ著 文藝春秋 2019年11月【学習支援本】

「登紀子ばぁばのお料理箱：今、伝えたい「和」のこころ 1」 鈴木登紀子著 評論社 2019年12月【学習支援本】

「しごとば やっぱり—しごとばシリーズ；6」 鈴木のりたけ作 ブロンズ新社 2020年2月【学習支援本】

「登紀子ばぁばのお料理箱：今、伝えたい「和」のこころ 2」 鈴木登紀子著 評論社 2020年2月【学習支援本】

「登紀子ばぁばのお料理箱：今、伝えたい「和」のこころ 3」 鈴木登紀子著 評論社 2020年2月【学習支援本】

「おとなになるのび太たちへ：人生を変える『ドラえもん』セレクション」 藤子・F・不二雄まんが 小学館 2020年9月【学習支援本】

▶ お仕事の様子をお話で読むには

「オバケとキツネの術くらべースギナ屋敷のオバケさん」 富安陽子作;たしろちさと絵 ひさかたチャイルド 2017年3月【児童文学】

「おなべの妖精一家 1—わくわくライブラリー」 福田隆浩作;サトウユカ絵 講談社 2018年7月【児童文学】

2 食べもの、料理にかかわる仕事

商品・メニュー開発

お店や会社で、新しい食べものや飲みものを考える仕事です。例えば、ファストフード店の新しいハンバーガーや、コンビニで売られる新しいおにぎりの味を作ります。開発者は、お客様が喜んで買ってくれるように、味や見た目、値段などを工夫します。食材を選び、レシピを考え、試作を重ねて、最高の商品を作り上げます。商品・メニュー開発の仕事は、アイデアと努力によって新しいものを作り、食べる人を笑顔にする仕事です。

> ▶お仕事について詳しく知るには
>
> 「レストランで働く人たち:しごとの現場としくみがわかる!―しごと場見学!」 戸田恭子著 ぺりかん社 2012年1月【学習支援本】
>
> 「キャリア教育支援ガイドお仕事ナビ.1」 お仕事ナビ編集室 著 理論社 2014年8月【学習支援本】
>
> 「キャリア教育に活きる!仕事ファイル:センパイに聞く.5」 小峰書店編集部 編著 小峰書店 2017年4月【学習支援本】
>
> 「大人になったらしたい仕事:「好き」を仕事にした35人の先輩たち」 朝日中高生新聞編集部編著 朝日学生新聞社 2017年9月【学習支援本】

食品・飲料メーカー

私たちがふだん食べたり飲んだりしているお菓子やジュース、カップラーメンなどを作る会社です。そこで働く人たちは、食べものや飲みものを大量に作り、スーパーやコンビニに届けます。安全でおいしい商品を作るために、工場ではしっかりとした管理が行われています。また、新しい商品を作るための研究や開発も行います。食品や飲料メーカーで働く人たちは、私たちが安心して食べられるものを提供することで、毎日の食事を豊かにしてくれています。

▶ お仕事について詳しく知るには

「探検!ものづくりと仕事人:「これが好き!」と思ったら、読む本. チョコレート菓子・ポテトチップス・アイス」 戸田恭子 著 ぺりかん社 2013年11月【学習支援本】

「キャリア教育に活きる!仕事ファイル:センパイに聞く 5」 小峰書店編集部編著 小峰書店 2017年4月【学習支援本】

「大人になったらしたい仕事:「好き」を仕事にした35人の先輩たち」 朝日中高生新聞編集部編著 朝日学生新聞社 2017年9月【学習支援本】

「チョコレートのひみつ 新版―学研まんがでよくわかるシリーズ;151」 春野まことまんが;ウェルテ構成 学研プラス 2019年3月【学習支援本】

「職場体験完全ガイド.66」 ポプラ社 2020年4月【学習支援本】

2 食べもの、料理にかかわる仕事

フードコーディネーター

食べものをおいしそうに見せるために工夫する仕事です。テレビ番組や雑誌、レストランのメニューなどに使う料理を美しく整えるのが役割で、例えば、料理をきれいに盛り付けたり、お皿や飾りを選んだりして、見た目も楽しめるようにします。また、新しい料理のアイデアを考えたり、イベントで料理をプロデュースしたりすることもあります。料理の見た目と味の両方を大切にし、食べる人を楽しませてくれます。

▶ お仕事について詳しく知るには

「料理旅行スポーツのしごと：人気の職業早わかり！」 PHP研究所編　PHP研究所　2010年10月【学習支援本】

「キャリア教育支援ガイドお仕事ナビ.1」 お仕事ナビ編集室 著　理論社　2014年8月【学習支援本】

「キャリア教育に活きる!仕事ファイル：センパイに聞く 5」 小峰書店編集部編著　小峰書店　2017年4月【学習支援本】

レシピサービス運営

たくさんの人においしい料理の作り方や簡単に作れる料理のレシピを伝える仕事で、ウェブサイトやアプリを使って紹介します。家庭で手に入りやすい食材を使ってレシピを考え、写真や動画を使ってわかりやすく説明します。料理のアイデアを考えたり、レシピの内容を整理して、見やすく使いやすい形にしたりすることが大切で、毎日の食事づくりを助け、人々に料理の楽しさを広めています。

▶ お仕事について詳しく知るには

「キャリア教育に活きる！仕事ファイル：センパイに聞く．5」 小峰書店編集部 編著 小峰書店 2017年4月【学習支援本】

カフェプランナー

新しいカフェを開くための計画を立てる専門家です。どんなお店にするかを考え、メニューやお店のデザイン、場所を選んで、カフェを作り上げます。お客様がリラックスして楽しめるように、どんな料理や飲みものを出すか、どんな雰囲気のお店にするかを工夫します。さらに、店内のインテリアや音楽、照明なども考えて、お店全体が心地良い空間になるようにプランニングします。すてきなカフェを作ることで、人々が集まって楽しめる場所を提供する仕事です。

▶ お仕事について詳しく知るには

「料理旅行スポーツのしごと：人気の職業早わかり！」 PHP研究所編 PHP研究所 2010年10月【学習支援本】

2 食べもの、料理にかかわる仕事

スイーツプランナー

おいしくて見た目もかわいいスイーツ（お菓子）を考える仕事です。ケーキやクッキー、アイスクリームなど、たくさんの人が楽しめる新しいスイーツのアイデアを考えます。季節に合わせたデザインや、特別なイベントにぴったりのスイーツを考えることもあります。そして、食材や味のバランスを工夫して、見た目だけでなく、食べたときに「おいしい！」と思ってもらえるようにします。たくさんの人に喜ばれるスイーツを生み出す、クリエイティブな仕事です。

▶お仕事について詳しく知るには

「見たい!知りたい!たくさんの仕事 3」　こどもくらぶ編　WAVE出版　2016年3月【学習支援本】

「スイーツの仕事」　サトウヨーコマンガ・イラスト　ポプラ社（「好き」で見つける仕事ガイド）　2019年3月【学習支援本】

グルメライター

食べものやレストランについて文章を書く仕事で、お店に行ってじっさいに料理を食べ、その感想をわかりやすく伝えます。例えば、「このピザはチーズがたっぷりで、もちもちの生地がとてもおいしい」など、読んだ人が食べたくなるように表現します。おいしいものを探して、雑誌やウェブサイトに記事を書いたり、人気のお店や新しいメニューを紹介したりすることで人々に知らせ、食べる楽しさを伝えています。

▶ お仕事の様子をお話で読むには

「手がかりは一皿の中に」 八木圭一著　集英社（集英社文庫）　2018年5月【ライトノベル・ライト文芸】

「女神様の料理帖」 相内藍著　小学館（小学館文庫キャラブン！）　2018年5月【ライトノベル・ライト文芸】

「手がかりは一皿の中に FINAL」 八木圭一 著　集英社（集英社文庫）　2021年3月【ライトノベル・ライト文芸】

2 食べもの、料理にかかわる仕事

食品衛生管理、食品品質管理

私たちが安心して食べられるように、食べものを守る大切な仕事です。食品衛生管理では、食べものが汚れたり、病気になる原因が混ざったりしないように、工場やお店での衛生をしっかりチェックします。例えば、手洗いや調理道具の消毒がきちんと行われているか確認します。食品品質管理では、食べものの味や見た目、栄養が良い状態かを調べます。これらの仕事は、食べものの安全やおいしさを守り、人々に安心して食べてもらうためにとても重要です。

> ▶ お仕事について詳しく知るには
> 「職場体験完全ガイド.66」 ポプラ社　2020年4月【学習支援本】

3

料理や飲みものを提供する仕事

3 料理や飲みものを提供する仕事

接客、ホールサービス

お店に来たお客様に気持ち良く過ごしてもらうための、お手伝いをする仕事です。例えば、レストランやカフェで注文を取ったり、料理や飲みものを運んだり、お客様の質問に答えたりします。お客様が困っていないか気を配り、快適に食事やお店で過ごす時間を楽しめるようにする他、お店の中を清潔に保つことも大切な仕事です。お客様と直接かかわるため、笑顔やていねいな言葉づかいが求められますが、人を喜ばせて、やりがいを感じられる仕事です。

▶お仕事について詳しく知るには

「レストランで働く人たち：しごとの現場としくみがわかる！―しごと場見学！」 戸田恭子著　ぺりかん社　2012年1月【学習支援本】

「調べてまとめる！仕事のくふう.2」 岡田博元 監修　ポプラ社　2020年4月【学習支援本】

▶お仕事の様子をお話で読むには

「陰陽(インヤン)カフェへようこそ」 片瀬由良著　小学館（小学館ルルル文庫）　2011年1月【ライトノベル・ライト文芸】

「陰陽(インヤン)カフェのおもてなし」 片瀬由良著　小学館（小学館ルルル文庫）　2011年5月【ライトノベル・ライト文芸】

「オーダーは探偵に：謎解き薫る喫茶店」 近江泉美著　アスキー・メディアワークス（メディアワークス文庫）　2012年11月【ライトノベル・ライト文芸】

「恋衣神社で待ちあわせ」 櫻川さなぎ著　集英社（集英社オレンジ文庫）　2015年5月【ライトノベル・ライト文芸】

「アフターライフレストラン ＝ AFTERLIFE RESTAURANT：お客さまは幽霊です」 京本喬介著　KADOKAWA（メディアワークス文庫）　2016年2月【ライトノベル・ライト文芸】

「カフェ・ド・ブラッド：魔夜中の眠らない血会」 水城水城著　KADOKAWA（ファミ通文庫）　2016年3月【ライトノベル・ライト文芸】

「フレンチ女子マドレーヌさんの下町ふしぎ物語」 由似文著 KADOKAWA（メディアワークス文庫） 2017年9月【ライトノベル・ライト文芸】

「ビストロ三軒亭の謎めく晩餐」 斎藤千輪著 KADOKAWA（角川文庫） 2018年9月【ライトノベル・ライト文芸】

「週末の人生：カフェ、はじめます」 岸本葉子著 双葉社（双葉文庫） 2019年1月【ライトノベル・ライト文芸】

「ビストロ三軒亭の美味なる秘密」 斎藤千輪著 KADOKAWA（角川文庫） 2019年3月【ライトノベル・ライト文芸】

「オーダーは探偵に：失われた絆にひとしずくの謎解きを」 近江泉美著 KADOKAWA（メディアワークス文庫） 2019年6月【ライトノベル・ライト文芸】

「ビストロ三軒亭の奇跡の宴」 斎藤千輪著 KADOKAWA（角川文庫） 2019年9月【ライトノベル・ライト文芸】

「クレイジー・キッチン＝Crazy Kitchen」 荻原数馬著 KADOKAWA（カドカワBOOKS） 2019年10月【ライトノベル・ライト文芸】

「クレイジー・キッチン＝Crazy Kitchen 2」 荻原数馬著 KADOKAWA（カドカワBOOKS） 2020年4月【ライトノベル・ライト文芸】

「美味しい相棒：謎のタキシードイケメンと甘い卵焼き」 朧月あき著 スターツ出版（スターツ出版文庫） 2020年5月【ライトノベル・ライト文芸】

「縁結びのしあわせ骨董カフェ：もふもふ猫と恋するふたりがご案内」 蒼井紬希著 スターツ出版（スターツ出版文庫） 2021年5月【ライトノベル・ライト文芸】

3 料理や飲みものを提供する仕事

バリスタ

おいしいコーヒーを作る専門家で、コーヒーを通じてお客様にくつろぎの時間を提供する仕事です。カフェやコーヒーショップで働き、エスプレッソマシンを使って、エスプレッソやカプチーノ、ラテなど、さまざまなコーヒーをお客様に提供します。コーヒー豆の選び方や挽き方、入れ方に詳しく、コーヒーをおいしく作るための技術を持っています。また、ミルクで模様を描くラテアートを作ることもあり、見た目でも楽しめるよう工夫します。

▶ お仕事について詳しく知るには

「めざせ!世界にはばたく若き職人 1」 こどもくらぶ編 WAVE出版 2015年3月【学習支援本】

「カフェオーナー・カフェスタッフ・バリスタになるには―なるにはBOOKS；118」 安田理編著 ぺりかん社 2016年2月【学習支援本】

▶ お仕事の様子をお話で読むには

「珈琲店タレーランの事件簿：また会えたなら、あなたの淹れた珈琲を」 岡崎琢磨著 宝島社(宝島社文庫) 2012年8月【ライトノベル・ライト文芸】

「珈琲店タレーランの事件簿 2 (彼女はカフェオレの夢を見る)」 岡崎琢磨著 宝島社(宝島社文庫) 2013年5月【ライトノベル・ライト文芸】

「珈琲店タレーランの事件簿 3 (心を乱すブレンドは)」 岡崎琢磨著 宝島社(宝島社文庫) 2014年4月【ライトノベル・ライト文芸】

「珈琲店タレーランの事件簿 4 (ブレイクは五種類のフレーバーで)」 岡崎琢磨著 宝島社(宝島社文庫) 2015年2月【ライトノベル・ライト文芸】

「珈琲店タレーランの事件簿 5」 岡崎琢磨著 宝島社(宝島社文庫) 2016年11月【ライトノベル・ライト文芸】

「珈琲店タレーランの事件簿 6」 岡崎琢磨著 宝島社(宝島社文庫.このミス大賞) 2019年11月【ライトノベル・ライト文芸】

「バリスタ晴明：心霊相談お受けします」 遠藤遼著 三交社(スカイハイ文庫) 2020年12月【ライトノベル・ライト文芸】

バーテンダー

バーやレストランでお酒を作り、お客様に提供する仕事です。お客様の好みに合わせて、カクテルやウイスキー、ジュースなど、特別な一杯を作ります。お酒の種類や作り方に詳しく、たくさんのレシピを覚えている他、飲みものを美しく飾るなど、見た目にも楽しめる工夫をします。また、お客様との会話も大切で、会話を通じてお客様にリラックスできる時間を提供し、楽しい雰囲気を作ることが求められます。

▶ お仕事について詳しく知るには

「料理旅行スポーツのしごと：人気の職業早わかり！」　PHP研究所編　PHP研究所　2010年10月【学習支援本】

▶ お仕事の様子をお話で読むには

「黄金坂ハーフウェイズ」　加藤実秋著　角川書店　2011年6月【ライトノベル・ライト文芸】

「花の下にて春死なむ 新装版―香菜里屋シリーズ；1」　北森鴻 著　講談社（講談社文庫）　2021年2月【ライトノベル・ライト文芸】

「桜宵 新装版―香菜里屋シリーズ；2」　北森鴻 著　講談社（講談社文庫）　2021年3月【ライトノベル・ライト文芸】

「螢坂 新装版―香菜里屋シリーズ；3」　北森鴻 著　講談社（講談社文庫）　2021年4月【ライトノベル・ライト文芸】

「香菜里屋を知っていますか 新装版―香菜里屋シリーズ；4」　北森鴻 著　講談社（講談社文庫）　2021年6月【ライトノベル・ライト文芸】

3 料理や飲みものを提供する仕事

女将・仲居さん

旅館や和食のお店で、お客様にすてきな時間を過ごしてもらえるよう、お客様をもてなし、お手伝いする仕事です。女将は、旅館やお店全体を管理し、お客様が快適に過ごせるように心配りをします。仲居さんは、お客様に料理を運んだり、お部屋の準備をしたりして、ていねいにお世話をします。どちらの仕事も、お客様との会話や礼儀を大事にし、日本の伝統的な「おもてなしの心」を大切にしています。

▶ お仕事の様子をお話で読むには

「若おかみは小学生! Part14―花の湯温泉ストーリー」 令丈ヒロ子作;亜沙美絵　講談社（講談社青い鳥文庫） 2010年6月【児童文学】

「おもしろい話が読みたい! ラブリー編」 あさのあつこ作;越水利江子作;小林深雪作;服部千春作;令丈ヒロ子作　講談社　2010年7月【児童文学】

「恋のギュービッド大作戦! :「黒魔女さんが通る!!」×「若おかみは小学生!」」 石崎洋司作;令丈ヒロ子作;藤田香絵;亜沙美絵　講談社　2010年12月【児童文学】

「若おかみは小学生! Part15　花の湯温泉ストーリー」 令丈ヒロ子作;亜沙美絵　講談社（講談社青い鳥文庫） 2011年1月【児童文学】

「若おかみは小学生! Part16　花の湯温泉ストーリー」 令丈ヒロ子作;亜沙美絵　講談社（講談社青い鳥文庫） 2011年7月【児童文学】

「ようこそ、古城ホテルへ:湖のほとりの少女たち」 紅玉いづき作;村松加奈子絵　アスキー・メディアワークス（角川つばさ文庫） 2011年9月【児童文学】

「ようこそ、古城ホテルへ 2 (私 (わたし) をさがさないで)」 紅玉いづき作;村松加奈子絵　アスキー・メディアワークス（角川つばさ文庫） 2011年12月【児童文学】

「若おかみは小学生! Part17―花の湯温泉ストーリー」 令丈ヒロ子作;亜沙美絵　講談社（講談社青い鳥文庫） 2012年1月【児童文学】

「亡霊ホテル―マリア探偵社 ; 14」 川北亮司作;大井知美画　岩崎書店（フォア文庫） 2012年5月【児童文学】

「ようこそ、古城ホテルへ 3 (昼下がりの戦争)」 紅玉いづき作;村松加奈子絵　アスキー・メディアワークス（角川つばさ文庫） 2012年6月【児童文学】

「若おかみは小学生! PART18―花の湯温泉ストーリー」 令丈ヒロ子作;亜沙美絵　講談社（講談社青い鳥文庫）　2012年8月【児童文学】

「ようこそ、古城ホテルへ 4 (ここがあなたの帰る国)」 紅玉いづき作;村松加奈子絵　アスキー・メディアワークス（角川つばさ文庫）　2012年12月【児童文学】

「若おかみは小学生! PART19―花の湯温泉ストーリー」 令丈ヒロ子作;亜沙美絵　講談社（講談社青い鳥文庫）　2013年3月【児童文学】

「若おかみは小学生! PART20―花の湯温泉ストーリー」 令丈ヒロ子作;亜沙美絵　講談社（講談社青い鳥文庫）　2013年7月【児童文学】

「恋のギュービッド大作戦! :「黒魔女さんが通る!!」×「若おかみは小学生!」」 石崎洋司作;令丈ヒロ子作;藤田香絵;亜沙美絵　講談社（講談社青い鳥文庫）　2015年2月【児童文学】

「魔リンピックでおもてなし : 黒魔女さんが通る!!×若おかみは小学生!」 石崎洋司作;令丈ヒロ子作;藤田香絵;亜沙美絵　講談社（講談社青い鳥文庫）　2015年6月【児童文学】

「若おかみは小学生!スペシャル短編集 0」 令丈ヒロ子作;亜沙美絵　講談社（講談社青い鳥文庫）　2018年5月【児童文学】

「若おかみは小学生! : 映画ノベライズ」 令丈ヒロ子原作・文;吉田玲子脚本　講談社（講談社青い鳥文庫）　2018年8月【児童文学】

「若おかみは小学生!スペシャル短編集 3」 令丈ヒロ子作;亜沙美絵　講談社（講談社青い鳥文庫）　2020年12月【児童文学】

「神様たちのお伊勢参り」 竹村優希著　双葉社(双葉文庫)　2017年6月【ライトノベル・ライト文芸】

「旅籠屋あのこの : あなたの「想い」届けます。」 岬著　KADOKAWA（メディアワークス文庫）　2017年11月【ライトノベル・ライト文芸】

「あやかし旅館で働き始めました : イケメン猫又になつかれて困ってます」 石黒敦久著　KADOKAWA（メディアワークス文庫）　2019年7月【ライトノベル・ライト文芸】

「この世の果てで、おもてなし : 賽の河原宿・鬼女将日記」 遠藤まり著　KADOKAWA（富士見L文庫）　2020年4月【ライトノベル・ライト文芸】

「熱海温泉つくも神様のお宿で花嫁修業いたします」 小春りん著　スターツ出版（スターツ出版文庫）　2020年6月【ライトノベル・ライト文芸】

3 料理や飲みものを提供する仕事

ソムリエ

ワインの専門家で、お客様にぴったりのワインをおすすめする仕事です。レストランやホテルで働き、料理に合うワインを選んだり、お客様の好みに合わせてワインを提供したりします。ワインの味や香り、産地などについて詳しく、どの料理にどのワインが合うかを判断します。また、ワインの保存方法や注ぎ方にもこだわり、おいしいワインを通じて、お客様に最高のワイン体験と特別な時間を提供します。

▶お仕事について詳しく知るには

「レストラン・タブリエの幸せマリアージュ：シャルドネと涙のオマールエビ」浜野稚子著 マイナビ出版（ファン文庫）2017年7月【ライトノベル・ライト文芸】

4

食べものにかかわる知識

4 食べものにかかわる知識

栄養学

私たちの体が健康を保ち、病気を防いだり、成長したりするために、どんな食べものを食べればよいかを考える学問です。食べものには、体を動かすエネルギーや、骨や筋肉を作るための栄養素が含まれています。例えば、たんぱく質は筋肉を作り、ビタミンやミネラルは体の調子を整えます。栄養学では、これらの栄養素がどのように体に役立つかを学び、バランスの良い食事をすることの大切さを教えます。

▶ お仕事について詳しく知るには

「強い体をつくる部活ごはん：練習が身につく!試合で実力が発揮できる!」 明治スポーツ栄養マーケティング部監修;文化出版局編 文化学園文化出版局 2014年5月【学習支援本】

「栄養素キャラクター図鑑：たべることがめちゃくちゃ楽しくなる!」 田中明監修;蒲池桂子監修;いとうみつるイラスト 日本図書センター 2014年11月【学習支援本】

「これならわかる!科学の基礎のキソ 生物―ジュニアサイエンス」 渡辺政隆監修;こどもくらぶ編 丸善出版 2015年3月【学習支援本】

「栄養」 五十嵐脩ほか著;藤原葉子ほか著 実教出版 2015年3月【学習支援本】

「どうして野菜を食べなきゃいけないの?：こども栄養学」 川端輝江監修 新星出版社 2017年2月【学習支援本】

「それいけ!子どものスポーツ栄養学 新版」 矢口友理著 健学社 2018年8月【学習支援本】

「プロが教えるジュニア選手の「勝負食」：10代から始める勝つ!カラダづくり 新装改訂版―コツがわかる本. ジュニアシリーズ」 石川三知監修 メイツユニバーサルコンテンツ 2021年7月【学習支援本】

食育

子どもたちが健康で元気に成長するために、食べものや、その正しい食べ方について学ぶことです。私たちの体は、食べものから栄養をもらって成長し、エネルギーを作ります。食育では、どんな食べものが体に良いかといったことや、バランスの取れた食事の大切さを学びます。また、季節の食材や食べものの作られ方、食事のマナーについても教わります。食べものを大切にし、感謝する気持ちを持ちながら、健康的な食生活を送るための知識を身につけることが、食育の目的です。

▶お仕事について詳しく知るには

「もったいない!感謝して食べよう―こども食育ずかん」　山本茂監修　少年写真新聞社　2010年2月【学習支援本】

「栄養バランスとダイエット―こども食育ずかん」　山本茂監修　少年写真新聞社　2010年2月【学習支援本】

「地産地消と自給率って何だろう?―こども食育ずかん」　山本茂監修　少年写真新聞社　2010年2月【学習支援本】

「朝ごはんは元気のもと―こども食育ずかん」　山本茂監修　少年写真新聞社　2010年2月【学習支援本】

「えいようのヒミツがわかる!食育えほん 1」　山本省三文;岩間範子監修　ポプラ社　2010年3月【学習支援本】

「えいようのヒミツがわかる!食育えほん 2」　山本省三文;岩間範子監修　ポプラ社　2010年3月【学習支援本】

「えいようのヒミツがわかる!食育えほん 3」　山本省三文;岩間範子監修　ポプラ社　2010年3月【学習支援本】

「えいようのヒミツがわかる!食育えほん 4」　山本省三文;岩間範子監修　ポプラ社　2010年3月【学習支援本】

「えいようのヒミツがわかる!食育えほん 5」　山本省三・絵;岩間範子監修　ポプラ社

4 食べものにかかわる知識

2010年3月【学習支援本】

「食べ物のふるさと：食育クイズに挑戦しよう!」 加佐原明美著 健学社 2010年6月【学習支援本】

「食育クイズ王：あなたも食べ物博士」 月刊「食育フォーラム」編集部編著;にしかたひろこイラスト 健学社 2010年6月【学習支援本】

「野菜で食育!おいしいスイーツ 1 (春野菜でつくるお菓子)」 柿沢安耶監修・著 岩崎書店 2010年11月【学習支援本】

「野菜で食育!おいしいスイーツ 2 (夏野菜でつくるお菓子)」 柿沢安耶監修・著 岩崎書店 2010年12月【学習支援本】

「野菜で食育!おいしいスイーツ 3 (秋野菜でつくるお菓子)」柿沢安耶監修・著 岩崎書店 2011年2月【学習支援本】

「野菜で食育!おいしいスイーツ 4 (冬野菜でつくるお菓子)」 柿沢安耶監修・著 岩崎書店 2011年3月【学習支援本】

「野菜観察便利帳：ふしぎが楽しい」 岩槻秀明著 いかだ社 2011年4月【学習支援本】

「うなぎ―たべるのだいすき!食育えほん；4」 松山創監修 チャイルド本社 2011年7月【学習支援本】

「ごはん―たべるのだいすき!食育えほん；6」 根本博監修 チャイルド本社 2011年9月【学習支援本】

「すみれほいくえんの食育」 大西規子作;田中伸介絵 文芸社 2011年12月【学習支援本】

「ひなちゃんの食育：家族がなかよしになる」 南ひろこ絵;今津屋直子文 産経新聞出版 2011年12月【学習支援本】

「食事のマナー・安全・栄養クイズ―脳に栄養めざせ!食育クイズマスター」 ワン・ステップ編 金の星社 2012年3月【学習支援本】

「なぜ、好きなものだけ食べてはいけないの?：服部幸應の食育読本」 服部幸應著 シーアンドアール研究所 2012年5月【学習支援本】

「みかん―たべるのだいすき!食育えほん；2-11」 山本和子ぶん;中田弘司え;吉岡照高監修 チャイルド本社 2013年2月【学習支援本】

「チョコレート―たべるのだいすき!食育えほん；2-12」 間部香代ぶん;みうらし～まるえ;古谷野哲夫監修 チャイルド本社 2013年3月【学習支援本】

「まるごとだいこん―絵図解やさい応援団」 八田尚子構成・文;野村まり子構成・絵 絵本塾出版 2013年8月【学習支援本】

「親子で学ぶスポーツ栄養」 柳沢香絵編著;岡村浩嗣編著;池田香代執筆;近藤衣美執筆;村上知子執筆 八千代出版 2013年11月【学習支援本】

「なぜ、好きなものだけ食べてはいけないの?：服部幸應の食育読本―目にやさしい大活字.SMART PUBLISHING」 服部幸應著 シーアンドアール研究所 2014年3月【学習支援本】

「りんごみのった―しぜんにタッチ!」 長内敬明著・監修;菅原光二写真 ひさかたチャイルド 2014年11月【学習支援本】

「栄養素キャラクター図鑑：たべることがめちゃくちゃ楽しくなる！」 田中明監修;蒲池桂子
監修;いとうみつるイラスト　日本図書センター　2014年11月【学習支援本】

「ジュニア選手の「勝負食」：10代から始める勝つ!カラダづくり：プロが教えるスポーツ栄養
コツのコツ―コツがわかる本.ジュニアシリーズ」　石川三知監修　メイツ出版　2015年1
月【学習支援本】

「カミカミ健康学：ひとくち30回で107さい」　岡崎好秀著　少年写真新聞社　2015年2月
【学習支援本】

「栄養素のはたらき：バランスよく食べて元気になる! 1」　石井幸江監修　汐文社　2015年
2月【学習支援本】

「日本の伝統文化和食 1」　江原絢子監修　学研教育出版　2015年2月【学習支援本】

「栄養素のはたらき：バランスよく食べて元気になる! 2」　石井幸江監修　汐文社　2015年
3月【学習支援本】

「調べて育てて食べよう!米なんでも図鑑 3」　松本美和著　金の星社　2015年3月【学習支
援本】

「栄養素のはたらき：バランスよく食べて元気になる! 3」　石井幸江監修　汐文社　2015年
4月【学習支援本】

「読む知る話すほんとうにあった食べものと命のお話」　笠原良郎監修;浅川陽子監修　講談
社　2015年5月【学習支援本】

「グラノーラ・コーンフレークのひみつ―学研まんがでよくわかるシリーズ；103」　山口育
孝漫画;YHB編集企画構成　学研パブリッシンググローバルCB事業室　2015年6月【学習支
援本】

「食品添加物キャラクター図鑑：気になるあの成分のホントがよくわかる！」　左巻健男監修;
いとうみつるイラスト　日本図書センター　2015年10月【学習支援本】

「おいしくたべよう!―子どもをまもる大きな絵本シリーズ；食育」　ラビッツアイ文・構成;
柿田ゆかり絵;結城嘉徳絵;阿部恵監修;内野美恵監修　チャイルド本社　2015年12月【学習
支援本】

「つくろう!食べよう!勝負ごはん：夢をかなえるスポーツ応援レシピ 1 (からだをつくるごは
んとおやつ)」　新生暁子監修　日本図書センター　2015年12月【学習支援本】

「くだものいっぱい!おいしいジャムーしぜんにタッチ！」　石澤清美監修・料理;田村孝介写真
ひさかたチャイルド　2016年1月【学習支援本】

「つくろう!食べよう!勝負ごはん：夢をかなえるスポーツ応援レシピ 2 (ちからをつけるごは
んとおやつ)」　新生暁子監修　日本図書センター　2016年1月【学習支援本】

「目で見る栄養：食べ物が作るわたしたちの体」　ドーリング・キンダースリー編;大塚道子
訳　さ・え・ら書房　2016年1月【学習支援本】

「スゴい!朝ごはんの力―保健室で見る早寝・早起き・朝ごはんの本；2」　近藤とも子著;大
森眞司絵　国土社　2016年2月【学習支援本】

「つくろう!食べよう!勝負ごはん：夢をかなえるスポーツ応援レシピ 3 (げんきになるごはん

4 食べものにかかわる知識

とおやつ)」 新生暁子監修 日本図書センター 2016年2月【学習支援本】

「くだものノート：知ってたのしい食べてジューシー」 いわさゆうこ作 文化学園文化出版局 2016年3月【学習支援本】

「ビタミン剤のひみつ―学研まんがでよくわかるシリーズ；112」 望月恭子構成；おぎのひとし漫画 学研プラス出版コミュニケーション事業室 2016年3月【学習支援本】

「ジュニアのためのサーフィン最強上達バイブル：トップを目指す次世代サーファー必読!!―コツがわかる本. ジュニアシリーズ」 日本サーフィン連盟監修 メイツ出版 2016年6月【学習支援本】

「菌ちゃん野菜をつくろうよ!―はじめてのノンフィクションシリーズ」 あんずゆき文 佼成出版社 2016年6月【学習支援本】

「根っこのえほん1」 中野明正編著；小泉光久文；堀江篤史絵 大月書店 2016年6月【学習支援本】

「げんきいっぱいあさごはんのじゅつ―たべるってたのしい!」 のびこえ；かがわやすおかんしゅう 少年写真新聞社 2016年11月【学習支援本】

「チョコレートのそもそも―デザインのかいぼうそもそも」 佐藤卓デザイン事務所著 平凡社 2016年11月【学習支援本】

「牛乳のそもそも―デザインのかいぼうそもそも」 佐藤卓デザイン事務所著 平凡社 2016年11月【学習支援本】

「すがたをかえる食べものずかん：大豆・米・麦・とうもろこし・いも・牛乳・魚」 石井克枝監修 あかね書房 2017年1月【学習支援本】

「わくわく微生物ワールド1」 細矢剛監修 鈴木出版 2017年1月【学習支援本】

「発明対決：ヒラメキ勝負!：発明対決漫画9―かがくるBOOK. 発明対決シリーズ」 ゴムドリco.文；洪鐘賢絵；HANA韓国語教育研究会訳 朝日新聞出版 2017年1月【学習支援本】

「おうちで学校で役にたつアレルギーの本2」 赤澤晃監修；見杉宗則絵 WAVE出版 2017年2月【学習支援本】

「どうして野菜を食べなきゃいけないの?：こども栄養学」 川端輝江監修 新星出版社 2017年2月【学習支援本】

「もっと知ろう!発酵のちから―食べものが大へんしん!発酵のひみつ」 中居惠子著；小泉武夫監修 ほるぷ出版 2017年3月【学習支援本】

「今日は何を食べよう?：五つの食品群の食べ物たちと一緒に、今日のごはんを考えよう」 エリーシア・カスタルディ作・絵；ひらおゆきこ訳 バベルプレス 2017年3月【学習支援本】

「野菜と栄養素キャラクター図鑑：キライがスキに大へんしん!」 田中明監修；蒲池桂子監修；いとうみつるイラスト 日本図書センター 2017年6月【学習支援本】

「たべものはどこからやってくる?」 アゴスティーノ・トライーニ絵と文；中島知子訳 河出書房新社 2017年7月【学習支援本】

「ドラえもん科学ワールドspecial食べ物とお菓子の世界―ビッグ・コロタン；154」 藤子・F・不二雄まんが；藤子プロ監修；今津屋直子監修；小学館ドラえもんルーム編 小学館 2017年

7月【学習支援本】

「おいしくたべる―こどものための実用シリーズ」 松本仲子監修;加藤休ミ画;得地直美画;朝日新聞出版編著　朝日新聞出版　2017年9月【学習支援本】

「お好み焼のひみつ―学研まんがでよくわかるシリーズ;130」 望月恭子構成;たまだまさお漫画　学研プラスメディアビジネス部コンテンツ営業室　2017年9月【学習支援本】

「キウイフルーツのひみつ―学研まんがでよくわかるシリーズ;131」 おがたたかはる漫画;Willこども知育研究所構成・文　学研プラスメディアビジネス部コンテンツ営業室 2017年9月【学習支援本】

「フリーズドライのひみつ―学研まんがでよくわかるシリーズ;132」 山口育孝漫画;YHB編集企画構成　学研プラス次世代教育創造事業部学びソリューション事業室　2017年12月【学習支援本】

「おみそってなぁに?:ゴンガリくんとみそパーティ」 椙山女学園大学生活科学部管理栄養学科河合研究室作;グラフィッコ絵　ナカモ　2018年3月【学習支援本】

「あまさけのひみつ―学研まんがでよくわかるシリーズ;139」 おだぎみをまんが;望月恭子構成　学研プラス　2018年8月【学習支援本】

「まるごとさつまいも―絵図解やさい応援団」 八田尚子構成・文;野村まり子構成・絵　絵本塾出版　2018年10月【学習支援本】

「旬ってなに?:季節の食べもの 春」 本多京子監修　汐文社　2018年12月【学習支援本】

「ガムのひみつ 新版―学研まんがでよくわかるシリーズ;147」 マンガデザイナーズラボまんが;スリーシーズン構成　学研プラス　2019年2月【学習支援本】

「ふりかけのひみつ―学研まんがでよくわかるシリーズ;148」 山口育孝まんが;望月恭子構成　学研プラス　2019年2月【学習支援本】

「へんしんだいずくん」 榎本功写真;古島万理子絵;ほか絵　チャイルド本社(チャイルド科学絵本館. なんでもサイエンス) 2019年2月【学習支援本】

「お肉のひみつ―学研まんがでよくわかるシリーズ;152」 大岩ピュンまんが;望月恭子構成　学研プラス　2019年3月【学習支援本】

「こうぼ」 浜本牧子監修;堀川理万子絵　農山漁村文化協会(菌の絵本) 2019年3月【学習支援本】

「サイダーのひみつ 新版―学研まんがでよくわかるシリーズ;158」 海野そら太まんが;ウェルテ構成　学研プラス　2019年3月【学習支援本】

「チョコレートのひみつ 新版―学研まんがでよくわかるシリーズ;151」 春野まことまんが;ウェルテ構成　学研プラス　2019年3月【学習支援本】

「ポテトチップス:イチは、いのちのはじまり―イチからつくる」 岩井菊之編;中谷靖彦絵　農山漁村文化協会　2019年3月【学習支援本】

「牛乳のひみつ―学研まんがでよくわかるシリーズ;154」 深草あざみまんが;YHB編集企画構成　学研プラス　2019年3月【学習支援本】

「旬ってなに?:季節の食べもの 春」本多京子監修 汐文社　2018年12月【学習支援本】

4 食べものにかかわる知識

「旬ってなに?：季節の食べもの 夏」 本多京子監修　汐文社　2019年3月【学習支援本】

「旬ってなに?：季節の食べもの 秋」 本多京子監修　汐文社　2019年3月【学習支援本】

「旬ってなに?：季節の食べもの 冬」 本多京子監修　汐文社　2019年3月【学習支援本】

「学校でつくれる!安全・安心クッキング：生肉・生魚を使わない 食物アレルギー対応 1」
勝田映子監修;大瀬由生子料理　ポプラ社　2019年4月【学習支援本】

「学校でつくれる!安全・安心クッキング：生肉・生魚を使わない 食物アレルギー対応 2」
勝田映子監修;大瀬由生子料理　ポプラ社　2019年4月【学習支援本】

「学校でつくれる!安全・安心クッキング：生肉・生魚を使わない 食物アレルギー対応 3」
勝田映子監修;大瀬由生子料理　ポプラ社　2019年4月【学習支援本】

「学校でつくれる!安全・安心クッキング：生肉・生魚を使わない 食物アレルギー対応 4」
勝田映子監修;大瀬由生子料理　ポプラ社　2019年4月【学習支援本】

「学校でつくれる!安全・安心クッキング：生肉・生魚を使わない 食物アレルギー対応 5」
勝田映子監修;大瀬由生子料理　ポプラ社　2019年4月【学習支援本】

「学校でつくれる!安全・安心クッキング：生肉・生魚を使わない 食物アレルギー対応 6」
勝田映子監修;大瀬由生子料理　ポプラ社　2019年4月【学習支援本】

「スシロー公式キャラだっこずしのおすし魚ッチング：おいしいネタを抱きしめますし」 藤原昌高監修　リベラル社　2019年6月【学習支援本】

「乳酸菌のひみつ 新版―学研まんがでよくわかるシリーズ；160」 おだぎみおまんが;望月恭子構成　学研プラス　2019年6月【学習支援本】

「こうや豆腐のひみつ―学研まんがでよくわかるシリーズ；162」 山口育孝まんが;望月恭子構成　学研プラス　2019年7月【学習支援本】

「「もしも」のときに役に立つ!防災クッキング 1」 今泉マユ子著　フレーベル館　2019年8月【学習支援本】

「「もしも」のときに役に立つ!防災クッキング 3」 今泉マユ子著　フレーベル館　2019年10月【学習支援本】

「そうだったのか!給食クイズ100：食育にピッタリ! 1」 松丸奨監修　フレーベル館　2019年10月【学習支援本】

「まかせてね今日の献立 朝食で元気に」 今里衣監修;ダンノマリコレシピ考案　汐文社　2019年10月【学習支援本】

「ブルガリアのごはん」 銀城康子文;萩原亜紀子絵　農山漁村文化協会（絵本世界の食事）2019年11月【学習支援本】

「まかせてね今日の献立 昼食で楽しく」 今里衣監修;ダンノマリコレシピ考案　汐文社　2019年11月【学習支援本】

「まるごととうもろこし―絵図解やさい応援団」 八田尚子構成・文;野村まり子構成・絵　絵本塾出版　2019年11月【学習支援本】

「「いただきます」を考える：大切なごはんと田んぼの話」 生源寺眞一著　少年写真新聞社（ちしきのもり）　2019年12月【学習支援本】

「「もしも」のときに役に立つ!防災クッキング 2」 今泉マユ子著 フレーベル館 2019年12月【学習支援本】

「そうだったのか!給食クイズ100 : 食育にピッタリ! 2」 松丸奨監修 フレーベル館 2019年12月【学習支援本】

「まかせてね今日の献立 夕食でのんびり」 今里衣監修;ダンノマリコレシピ考案 汐文社 2019年12月【学習支援本】

「みんなでもりあがる!学校クイズバトル [1]」 学校クイズ研究会編著;田中ナオミまんが・イラスト 汐文社 2019年12月【学習支援本】

「そうだったのか!給食クイズ100 : 食育にピッタリ! 3」 松丸奨監修 フレーベル館 2020年2月【学習支援本】

「つよい歯をつくろう」 北川チハル文;ながおかえつこ絵 くもん出版(知ってびっくり!歯のひみつがわかる絵本) 2020年2月【学習支援本】

「イネ・米・ごはん大百科 5」 辻井良政監修;佐々木卓治監修 ポプラ社 2020年4月【学習支援本】

「野菜の教え 秋・冬編」 渡邉幸雄監修;藤原勝子編集 群羊社(たべもの・食育絵本) 2020年5月【学習支援本】

「野菜の教え 春・夏編」 渡邉幸雄監修;藤原勝子編集 群羊社(たべもの・食育絵本) 2020年5月【学習支援本】

「子どものためのスポーツ食トレ : 子どもたちに伝えたい!スポーツ栄養とレシピ : 簡単!おいしい!レシピが20点」 亀井明子監著 少年写真新聞社 2020年10月【学習支援本】

「おやさい妖精とまなぶ野菜の知識図鑑」 ぽん吉絵と作 二見書房 2021年1月【学習支援本】

「食卓からSDGsをかんがえよう! 3」 稲葉茂勝著;服部幸應監修;こどもくらぶ編 岩崎書店 2021年1月【学習支援本】

「気になる!木になるたべもの」 宇佐見美佳 ブイツーソリューション 2021年2月【学習支援本】

「ビタミン剤のひみつ 増補改訂版―学研まんがでよくわかるシリーズ ; 175」 おぎのひとしまんが;望月恭子構成 学研プラス 2021年4月【学習支援本】

「からあげビーチ―RARE KIDS : レアキッズのための絵本」 キリーロバ・ナージャさく;古谷萌え;五十嵐淳子え 文響社 2021年5月【学習支援本】

「栄養素ヒーロー図鑑 : 食べるのが楽しくなる! : こどものための栄養素ガイド」 土屋京子監修 カンゼン 2021年5月【学習支援本】

「科学のふしぎ366 : 1日1ページで小学生から頭がよくなる!」 左巻健男編著 きずな出版 2021年5月【学習支援本】

「プロが教えるジュニア選手の「勝負食」: 10代から始める勝つ!カラダづくり 新装改訂版―コツがわかる本.ジュニアシリーズ」 石川三知監修 メイツユニバーサルコンテンツ 2021年7月【学習支援本】

4 食べものにかかわる知識

「魚の教え 下巻―科学で考える食育絵本」 早武忠利監修;藤原勝子編集・著 群羊社 2021年7月【学習支援本】

「魚の教え 上巻―科学で考える食育絵本」 早武忠利監修;藤原勝子編集・著 群羊社 2021年7月【学習支援本】

「野菜がおいしくなるクイズ」 緒方湊著 飛鳥新社 2021年7月【学習支援本】

「きのこのこのこふしぎのこ―しぜんにタッチ!」 新井文彦写真;六田晴洋写真;大江友亮写真;ほか写真;白水貴監修 ひさかたチャイルド 2021年8月【学習支援本】

「こども免疫教室 : 病気にならない体をつくる」 石原新菜著 日本実業出版社 2021年10月【学習支援本】

「ここで差がつく!スポーツで結果を出す81の習慣」 髙橋宏文著 ベースボール・マガジン社 2021年11月【学習支援本】

「くらべて発見やさいの「おなか」1」 農文協編;山中正大絵 農山漁村文化協会 2021年12月【学習支援本】

「大豆ミートのひみつ―学研まんがでよくわかるシリーズ ; 177」 高世えり子まんが;ウェルテ構成 学研プラス 2021年12月【学習支援本】

食物学

私たちが毎日食べている食べものについて、詳しく学ぶ学問です。どんな食材にどんな栄養が含まれているかや、食べものがどのようにして私たちの体を元気にするかを研究します。例えば、お米やパンにはエネルギーを作る炭水化物が、野菜や果物にはビタミンやミネラルが豊富に含まれています。また、食べものがどのように育てられ、加工され、調理されるかについても学びます。食物学を学ぶことで、健康的な食生活を送るための知識を身につけることができます。

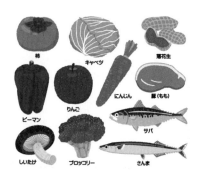

こども食堂
しょくどう

地域の子どもたちが、安心して食事をすることができる場所で、みんなが元気で過ごせるようにサポートする、大切な取り組みです。こども食堂では、家庭で十分に食べられない子どもや、一人で食事をすることが多い子どもに、栄養のあるおいしい食事を提供します。地域の大人やボランティアが手伝って、みんなで食べる楽しさが感じられる場を作っています。また、食事だけでなく、友達や地域の大人と交流する場所にもなっています。

▶お仕事の様子をお話で読むには

「子ども食堂かみふうせん」　齊藤飛鳥著　国土社　2018年11月【児童文学】

「こどもしょくどう」　足立紳原作;ひろはたえりこ文　汐文社　2019年7月【児童文学】

「あおぞらこども食堂はじまります!―本はともだち♪;20」　いとうみく作;丸山ゆき絵　ポプラ社　2021年4月【児童文学】

4 食べものにかかわる知識

食品ロス

例えば、賞味期限が過ぎてしまったり、食べきれずに残してしまったりして、まだ食べられるのに捨てられてしまう食べもののことです。たくさんの食べものが捨てられる一方で、食べものが足りない人もいて、世界中で大きな問題になっています。食品ロスを減らすためには、必要な分だけを買ったり、残さずに全部食べたりすることが大切です。食べものを大切にして、ムダをなくすことが私たちにできることです。

▶ お仕事について詳しく知るには

「親子でわかる!ニッポンの大問題:NHK週刊ニュース深読み」 NHK「週刊ニュース深読み」制作チーム編　NHK出版　2014年6月【学習支援本】

「ごみはどこへごみのしょりと利用 [3]」　高月紘監修;WILLこども知育研究所編・著　金の星社　2019年3月【学習支援本】

「食品ロスの大研究:なぜ多い?どうすれば減らせる?―楽しい調べ学習シリーズ」　井出留美監修　PHP研究所　2019年11月【学習支援本】

「ごみから考えるSDGs:未来を変えるために、何ができる?」　織朱實監修　PHP研究所(楽しい調べ学習シリーズ)　2020年1月【学習支援本】

「知ろう!減らそう!食品ロス 1」　小林富雄監修　小峰書店　2020年4月【学習支援本】

「知ろう!減らそう!食品ロス 2」　小林富雄監修　小峰書店　2020年4月【学習支援本】

「知ろう!減らそう!食品ロス 3」　小林富雄監修　小峰書店　2020年4月【学習支援本】

「今日からなくそう!食品ロス:わたしたちにできること 1」　上村協子監修;幸運社編　汐文社　2020年8月【学習支援本】

「今日からなくそう!食品ロス:わたしたちにできること 2」　上村協子監修;幸運社編　汐文社　2020年9月【学習支援本】

「今日からなくそう!食品ロス:わたしたちにできること 3」　上村協子監修;幸運社編　汐文社　2020年10月【学習支援本】

「SDGsのきほん:未来のための17の目標 13」　稲葉茂勝著　ポプラ社　2021年1月【学習支

援本】

「なぜ?から調べるごみと環境 2」　森口祐一監修　学研プラス　2021年2月【学習支援本】

「持続的な社会を考える新しい環境問題 [1]」　古沢広祐監修　金の星社　2021年2月【学習支援本】

「食卓からSDGsをかんがえよう! 2」　稲葉茂勝著;服部幸應監修;こどもくらぶ編　岩崎書店　2021年2月【学習支援本】

「SDGsでかんがえよう地球のごみ問題 2」　井田仁康総合監修　童心社　2021年3月【学習支援本】

「この星を救うために知っておくべき100のこと―インフォグラフィックスで学ぶ楽しいサイエンス」　ローズ・ホール文;ほか文;パルコ・ポロイラスト;ほかイラスト;竹内薫訳・監修　小学館　2021年3月【学習支援本】

「はかって、へらそうCO2 1.5℃大作戦 2」　地球環境戦略研究機関監修　さ・え・ら書房　2021年4月【学習支援本】

「はじめての新聞づくり 3」　竹泉稔監修　小峰書店　2021年4月【学習支援本】

「捨てないパン屋の挑戦しあわせのレシピ:SDGsノンフィクション食品ロス」　井出留美著　あかね書房　2021年8月【学習支援本】

「SDGs時代の食べ方:世界が飢えるのはなぜ?」　井出留美著　筑摩書房(ちくまQブックス)　2021年10月【学習支援本】

「SDGsを実現する2030年の仕事未来図 1巻」　SDGsを実現する2030年の仕事未来図編集委員会著　文溪堂　2021年11月【学習支援本】

「自分で見つける!社会の課題 1」　NHK「ドスルコスル」制作班編;田村学監修　NHK出版(NHK for Schoolドスルコスル)　2021年11月【学習支援本】

▶ お仕事の様子をお話で読むには

「未来を変えるレストラン:つくる責任つかう責任―おはなしSDGs」　小林深雪作;めばち絵　講談社　2021年2月【児童文学】

お仕事さくいん
食べものにかかわるお仕事

2024年10月31日　第1刷発行

発行者	道家佳織
編集・発行	株式会社DBジャパン 〒151-0073　東京都渋谷区笹塚1-52-6 千葉ビル1001
電話	03-6304-2431
ファクス	03-6369-3686
e-mail	books@db-japan.co.jp
装丁	DBジャパン
電算漢字処理	DBジャパン
印刷・製本	大日本法令印刷株式会社

不許複製・禁無断転載
〈落丁・乱丁本はお取り替えいたします〉
ISBN 978-4-86140-552-5
Printed in Japan

見ると勉強したくなる…
　勉強すると実践したくなる…
　　そして、実践すると…
　利用者が喜ぶ図書館ができる！

国内唯一！

図書館司書が
現場で求められる
　スキル・知識をぐんと伸ばす
オンライン動画サイト…

司書トレ 登場!!

司書トレにアップされた動画は
レクチャーではありません。
何を読んで何を見て
どうやったらスキル・知識が身につくか
経験豊富な講師陣が教えてくれる
動画パス・ファインダーです。

あまり参加の機会がない司書向け研修。
1回話を聞くだけではなかなか自分も職場も
変わらない。

だから司書トレ

司書トレなら
「いつでも」「どこでも」
「何度でも」「PCでもスマホでも」
「どのテーマからでも」

1. **動画で学び方がわかる**
2. **自分のペースで学べる**
3. **実践できる**
4. **振り返ってみてまた学べる**

「司書トレ」スキル・カテゴリー図　抜粋

完璧な学びのサイクルが
すぐできあがる

司書に必要なスキル・知識のカテゴリーは合計70以上
今すぐ右のQRコードからスマホでカテゴリー図の全体を見てください。

大好評発売中!!	図書館司書のための 動画パス・ファインダー 司書トレ	1テーマ1動画 約30分￥980（税込） **有名講師多数**

https://study.shisho.online/

販売元：株式会社DBジャパン